Jean Lemieux

D1150941

# On finit toujours par payer

la courte échelle

**Du même auteur, à la courte échelle :**

**Romans :**
*La lune rouge*
*La marche du Fou*
*On finit toujours par payer*

**Format de poche :**
*La lune rouge*
*La marche du Fou*
*On finit toujours par payer*

Jean Lemieux

# On finit toujours par payer

la courte échelle

Les éditions de la courte échelle inc.
5243, boul. Saint-Laurent
Montréal (Québec) H2T 1S4
www.courteechelle.com

Révision:
Lise Duquette

Conception graphique de la couverture:
Elastik

Dépôt légal, 3ᵉ trimestre 2009
Bibliothèque nationale du Québec
Copyright © 2009 Les éditions de la courte échelle inc.

La courte échelle reconnaît l'aide financière du gouvernement du Canada
par l'entremise du Programme d'aide au développement de l'industrie de
l'édition pour ses activités d'édition. La courte échelle est aussi inscrite au
programme de subvention globale du Conseil des Arts du Canada et reçoit
l'appui du gouvernement du Québec par l'intermédiaire de la SODEC.

La courte échelle bénéficie également du Programme de crédit d'impôt
pour l'édition de livres – Gestion SODEC – du gouvernement du Québec.

**Catalogage avant publication de Bibliothèque et Archives nationales du
Québec et Bibliothèque et Archives Canada**

Lemieux, Jean.

    On finit toujours par payer

    Éd. originale: c2003.

    ISBN 978-2-89651-118-1

    I. Titre.

PS8573.E542O5 2009      C843'.54     C2008-942516-2
PS9573.E542O5 2009

Imprimé au Canada

*À ma fille Madeleine*

*Il y a certainement quelqu'un*
*Qui m'a tuée*
*Puis s'en est allé*
*Sur la pointe des pieds*
*Sans rompre sa danse parfaite*

ANNE HÉBERT

# Fin du sursis *(d'élay)*

L'automne avait été beau aux Îles. Le vent s'était fixé à l'ouest, prolongeant l'été en une succession de jours chauds, secs et lumineux. Bien après l'exode des étudiants et le départ des touristes, les insulaires avaient continué à se baigner dans une mer fraîche mais agréable. Les terrasses étaient toujours ouvertes à Cap-aux-Meules. Des femmes hâlées cueillaient les derniers fruits sauvages dans les champs roux. Ce bonheur aurait une fin. Yeux plissés, casquette sur l'occiput, les vieux prédisaient une tempête de vent d'est pour la nouvelle lune d'octobre. Ils risquaient peu de se tromper. Aux Îles, le beau temps a une saveur de sursis.

Le 17 octobre, de violentes averses vinrent leur donner raison. Le lendemain, le soleil était de nouveau au rendez-vous, mais son éclat avait une touche mélancolique de fin de saison. D'un jour à l'autre, l'archipel allait basculer dans une grisaille qui se prolongerait jusqu'aux neiges de janvier.

Le vendredi 19, le sergent-détective André Surprenant se leva tôt, fit deux fois le tour du Gros-Cap à bicyclette, déjeuna avec appétit et se présenta au poste de la Sûreté avant huit heures. Grand, mince, la démarche souple et le cheveu de jais, il se faisait régulièrement demander s'il avait du sang indien.

*passe simple, tendre (son dernier)*

Majella Bourgeois, une vieille fille déparée par un nez d'homme, lui tendit son courrier :

— L'agent Savoie a appelé. Elle sera un peu en retard.

— Otite ?

— Gastro. Ces mousses-là n'ont pas de santé.

Surprenant s'isola dans son bureau et fit le point sur les enquêtes en cours : un vol avec effraction à Bassin, un délit de fuite à Fatima, rien qu'il ne puisse déléguer pendant ses vacances.

Geneviève Savoie se présenta à neuf heures vingt, exhibant les stigmates d'une courte nuit. Divorcée depuis quelques mois, elle élevait seule deux garçons fragiles. Une tresse sur la nuque, les traits fins, elle dégageait malgré son jeune âge une impression d'autorité, que Surprenant attribuait à la pratique des arts martiaux.

— Désolée, sergent.

— Je t'ai demandé de ne plus m'appeler sergent. Olivier ou William ?

— Les deux. Impossible de les envoyer à la garderie. J'ai dû trouver une gardienne.

— Appelle Tremblay. Il est en patrouille. Il passera te prendre.

Jetant un œil inquiet sur les cumulus qui envahissaient le ciel de Grande-Entrée, Surprenant rédigea trois rapports d'enquête. À onze heures vingt, alors qu'il se réjouissait à l'idée de dîner à la maison, il reçut un appel de la réceptionniste.

— Un monsieur signale la disparition de sa fille de dix-neuf ans.

— Envoyez la patrouille.

Un silence réprobateur accueillit son ordre.

— Il y a un problème ? demanda le policier.

— C'est la fille de Roméo Richard.

— Le maire ?

Surprenant émit un sacre et rejoignit la réception. Majella Bourgeois lui tendit une note.

— J'espère que cela ne gâchera pas votre voyage.

— Probablement une autre gamine qui aura découché sans avertir ses parents.

La réceptionniste le fixait sans mot dire.

— Vous la connaissez ? demanda-t-il.

— Rosalie Richard ? Un danger public…

— Et son père ?

— Il paraît qu'il est rongé par *tcheuque* maladie. Il n'en a plus que pour une couple d'hivers. Il n'est pas chanceux : son gars est mort dans un accident d'auto en 1996, sa femme, d'un cancer du sein il y a deux ans.

Arborant toujours sa mine inquiète, Majella Bourgeois lui remit les clefs d'une auto-patrouille.

De la voiture, Surprenant avisa sa femme qu'il ne pourrait dîner à la maison. Le soleil s'était caché. Passant devant l'usine de transformation de poisson et le port de Cap-aux-Meules, le policier abaissa la vitre de sa portière. Charriés par le vent d'est, les effluves de la côte et les cris des goélands envahirent l'habitacle.

Surprenant dévala la butte du Bellevue et franchit le pont de Havre-aux-Maisons. Il ne connaissait Roméo Richard que de réputation. Le pêcheur de crabes était un homme riche, autoritaire, farouchement opposé aux fusions municipales. Surprenant l'avait entendu récemment à la radio communautaire. Son accent était à couper au couteau. Depuis deux cents ans, pour un motif inconnu des historiens, les habitants de l'île de Havre-aux-Maisons remplaçaient systématiquement les *R* par des *Y*. Seuls de leur camp, ils avaient résisté aux menées assimilatrices du clergé, du gouvernement, de la télévision et de l'école polyvalente. Certains chuchotaient que l'opposition de *Yoméo* aux fusions n'avait pour fondement que sa volonté de protéger le créole de ses commettants. D'un homme capable, à Havre-aux-Maisons, de nommer ses enfants Réjean et Rosalie, il ne fallait pas attendre autre chose.

Le maire habitait, au milieu des buttes du chemin Loiseau, un cottage prétentieux, flanqué d'une piscine, d'un quatre par quatre, d'une Lincoln et d'un motorisé. Surprenant sonna en songeant, mi-sérieux, que les Îles-de-la-Madeleine allaient peut-être vivre leur première demande de rançon.

Des pas lourds résonnèrent derrière le battant. Un quinquagénaire ouvrit et lui tendit une main large comme un aviron. Le maire de Havre-aux-Maisons était un homme pansu, de forte carrure, mais dont les épaules s'affaissaient. Majella avait raison : au lieu d'afficher l'habituel teint de brique des pêcheurs, Roméo Richard, les avant-bras tachetés d'ecchymoses, était d'une pâleur suspecte.

Sans dire un mot, il mena Surprenant à la cuisine. La pièce, immaculée, était rangée avec un ordre maniaque. Par les fenêtres, on découvrait la Pointe-Basse et, au large, allongée par le changement de perspective, l'Île d'Entrée.

— Un thé ?

— Vous seriez gentil.

Surprenant sortit son carnet de notes. Le récit du père n'offrait aucune particularité. La veille, vers vingt-deux heures, Rosalie Richard était partie à Cap-aux-Meules, seule, dans sa Golf rouge 1999. Elle n'était pas rentrée coucher. Cela lui arrivait, mais elle appelait toujours pour prévenir.

— Vous étiez seul la nuit dernière ?

D'un bleu très pâle au milieu des conjonctives injectées, les yeux du pêcheur scintillèrent brièvement. La question semblait l'indisposer.

— Qu'est-ce que vous croyez ?

— Vous auriez pu ne pas entendre le téléphone.

— J'ai un répondeur.

Surprenant prit une gorgée de thé et écarquilla les yeux. La mixture contenait assez de caféine pour faire giguer un macchabée.

— Vous avez contacté ses amies ?

— Au moment où je vous parle, la moitié du Havre-aux-Maisons est au téléphone. J'ai même appelé ce bon à rien de Julien Cormier !

— Qui est-ce ?

— Son *chum*. Ou quelque chose qui ressemble à ça.

Surprenant nota le nom et le numéro, bien qu'il les connût parfaitement. Roméo Richard savait-il que l'ami de cœur de sa fille vendait de la coke à Havre-Aubert ?

— Où a-t-elle été vue la dernière fois ?

— À la Caverne, à Cap-aux-Meules. J'y suis allé ce matin. Son auto est encore là.

— Vous avez noté quelque chose de particulier chez elle ces jours-ci ?

— *Yosalie*, c'est *Yosalie*.

— C'est-à-dire ?

— Il y a toujours quelque chose de particulier chez elle. J'ai pas remarqué de changement, si c'est ce que vous voulez savoir. C'est pas le genre de fille à aller se jeter en bas d'un cap.

— Vous permettez que je voie sa chambre ?

Roméo Richard esquissa un rictus douloureux. Loin de le rassurer, la demande du policier aggravait son tourment. Il précéda Surprenant au haut d'un impressionnant escalier de chêne. Un couloir orné de photos de bateaux donnait sur quatre pièces. Surprenant entrevit une salle de bains dotée d'une baignoire à remous et de gadgets luxueux, un bureau où trônaient une imprimante à laser et un ordinateur, une chambre principale décorée dans d'exquis tons d'ocre et de rouille. La maison, propre, rangée, habitée, trahissait une présence féminine. S'agissait-il d'une conjointe, d'une maîtresse, d'une femme de ménage ?

La dernière porte s'ouvrait sur la chambre de Rosalie, dans laquelle florissait un désordre luxuriant. Surprenant poussa un soupir de soulagement : ce fatras respirait la vie. Pour une raison qu'il renonça à analyser, rien ne l'aurait plus inquiété que de trouver un lit fait et des vêtements pliés.

Roméo Richard demeurait sur le seuil de la pièce,

comme s'il n'osait violer le territoire de sa fille.

— Rosalie est responsable du ménage de sa chambre. On espère qu'elle finira par se tanner de son désordre.

Surprenant nota l'emploi du « on », débarrassa une chaise des vêtements qui l'encombraient et s'assit au milieu de la pièce. Les murs, constellés de traces de ruban adhésif, ne portaient plus que deux affiches : un vieux poster de Nirvana, dont les coins étaient abîmés, et une réclame géante d'un film nommé *Trainspotting*, sur laquelle de jeunes gens exhibaient leurs incisives. Une bibliothèque blanche supportait quelques livres. Il s'agissait tous de romans, la plupart pour adolescents. Par terre, près du lit, était posé un exemplaire, ouvert, de *Cent ans de solitude*.

Surprenant se leva et ouvrit les tiroirs d'un bureau en pin. Il y découvrit deux paquets de cigarettes pleins, des allumettes, des feuilles sillonnées de notes et de formules mathématiques, des stylos mâchonnés, des trombones, une pipe à hasch et, pêle-mêle, des dizaines de photos d'époques différentes. Il les examina. Fêtes d'amis, excursions en bateau, troupes de théâtre amateur, enfin un portrait d'une femme amaigrie, aux yeux rongés par le chagrin.

Surprenant la montra au père, toujours figé dans le cadre de porte.

— Sa mère ?

— C'est ça.

Surprenant eut un mouvement de recul. Sur un cliché,

il reconnut le visage d'un jeune homme qui s'était pendu au printemps dans un chalet du chemin des Buttes.

— Emmanuel Lafrance, murmura-t-il.

— Mon neveu, grogna le maire. Ce n'était pas un méchant petit gars. Il était malade.

Il appuya sur « malade », comme si le mot devait à lui seul expliquer pourquoi un jeune de vingt-deux ans se tuait par un matin de mai.

Surprenant dénicha, liées par une bande élastique, quatre photos identiques. Les cheveux sagement noués sur la nuque, une jeune blonde aux yeux frondeurs souriait dans une toge de finissante du secondaire. Il tendit une photo au père, qui acquiesça silencieusement. Il la glissa dans son portefeuille. Ils redescendirent à la cuisine. Le thé commençait à refroidir.

— Elle n'a laissé aucun mot ? s'enquit Surprenant.

— Non.

— C'est bon signe. Avez-vous autre chose à me dire ?

— Rien. Trouvez-la.

Surprenant rangea son carnet, se leva et alla jusqu'à la porte latérale de la maison. Au nord, à flanc de colline, le cimetière étalait ses tombes de granit.

— Votre fille doit dormir quelque part, monsieur Richard. Nous attendons habituellement vingt-quatre heures avant de lancer un avis de disparition.

Au bout de la table, le visage gris dans la lumière du matin, le pêcheur restait de marbre. Une angoisse palpable, quasi liquide, avait envahi la pièce.

— Dans votre cas, nous ferons une exception.

Roméo Richard, habitué à ce qu'on lui obéisse, hocha la tête et murmura, comme à regret, un remerciement.

# 2

# L'homme de la Caverne

Les pneus bordés de terre rouge, la Golf était stationnée à l'arrière de la Caverne, entre deux véhicules du ministère des Pêches et des Océans. Surprenant n'eut pas besoin de la clef que lui avait fournie Roméo Richard : la portière côté conducteur n'était pas verrouillée. Il hésita, puis enfila une paire de gants de latex. Le maire lui avait communiqué son inquiétude. Cette fille était disparue depuis à peine douze heures et il approchait son automobile comme s'il s'agissait d'une scène de crime.

Un examen sommaire de l'habitacle lui apprit peu de choses. La boîte à gants renfermait quelques CD, parmi lesquels il reconnut celui d'un groupe révéré par son fils. En prime, il trouva un sachet renfermant un peu de pot et du papier à rouler.

Il remit le tout en place, verrouilla les portières et contourna le bâtiment. À deux cents mètres du débarcadère du traversier, la Caverne, un bar-terrasse, occupait le rez-de-chaussée d'un ancien magasin de gréement. Recouvert de bardeaux de cèdre pour répondre aux credo de l'aménagement municipal, l'établissement tenait son nom de son propriétaire, Platon Longuépée, mécréant notoire, alcoolique repenti et entraîneur des Dinosaures de JFT Électrique.

Ce dernier devait son prénom à son père, Nelson

Longuépée, agriculteur de Fatima. En dispute avec le curé à propos d'un terrain, le brave homme répugnait à nommer sa progéniture d'après le calendrier liturgique. Un cousin qui avait gardé un abrégé de philosophie grecque d'un semestre d'études à Québec lui fournit une liste de prénoms originaux. Ses trois premiers fils, qu'il dut faire baptiser à Étang-du-Nord, s'appelèrent donc Socrate, Platon et Diogène. Une fille hérita par erreur d'Hérodote et ne s'en porta pas plus mal. Par la suite, ayant réglé son contentieux avec le clergé, Nelson Longuépée donna à ses enfants des prénoms plus courants, à savoir Cléophée, Nectaire, Victorine, Onéciphore et Alibé.

Surprenant se heurta à une porte close. Derrière les baies vitrées, une dame lavait le plancher. Elle fit entrer le policier et le conduisit au bureau du patron, un réduit malodorant à peine assez grand pour contenir un bureau, un cendrier et un coffre-fort.

Cigarillo au coin des lèvres, Platon Longuépée préparait un dépôt. Son visage fripé et sa mise débraillée de célibataire témoignaient d'un passé tumultueux. L'appellation de son établissement avait une double origine. Elle faisait d'abord référence au Cavern Club de Liverpool, d'où les Beatles, son groupe fétiche, avaient conquis la planète. Malgré les protestations de sa clientèle de jeunots, il arrivait encore que Platon Longuépée fasse tourner *Sergeant Pepper's* ou *Revolver*, de la première plage à la dernière, au beau milieu d'une soirée animée. Soucieux de soigner sa légende, qui dépassait largement l'archipel, Platon avait aussi voulu évoquer l'allégorie de la caverne de son homonyme grec. Aux touristes qui l'interrogeaient, il la résumait en ces termes : « Nous autres, pauvres diables, on vit au fond d'une caverne. On ne voit rien du monde, rien que des ombres qui dansent sur la roche, 'stie. »

Il posa un œil sagace sur Surprenant, puis sur sa montre.

— Je t'attendais plus tôt. Tu viens pour Rosalie ?

— Son père t'a appelé ?

— À dix heures moins quart qu'il m'a réveillé, monsieur le maire !

— Il paraît qu'elle était ici hier soir.

— Depuis que j'ai arrêté de boire, j'ai le cerveau comme… tu sais, le fromage suisse avec des trous ?

— Du gruyère.

— Prendrais-tu un café ? Une bière ?

Surprenant déclina l'offre. Platon Longuépée se hissa sur ses longues jambes et l'entraîna jusqu'au comptoir, où il gagna son point d'observation habituel, près de la caisse enregistreuse. Murmurant « Rosalie… Rosalie », il se versa un verre d'eau minérale puis désigna une table d'un air triomphant.

— Elle était assise là !

— Avec qui ?

— Je les vois comme si c'était hier.

— C'était hier. Ou plutôt cette nuit.

— Tu es sûr que tu prendrais pas une bière ? Il y avait la petite Mélanie Harvie et son ami, le garçon à Ti-Phonse.

— Le garçon à Ti-Phonse ?

— Ti-Phonse Patton. Stéphane, son prénom. Qu'est-ce qu'elle a fait, Rosalie ?

La femme de ménage tendait l'oreille.

— Rien du tout. Jusqu'à quelle heure a-t-elle été ici ?

— Je pourrais pas te dire. Avec le monde qui entre et qui sort…

— Essaie de te souvenir. Un détail, n'importe quoi.

Platon Longuépée eut beau sonder sa mémoire, il ne put que suggérer que la jeune fille avait quitté son établissement entre une et deux heures.

Surprenant se leva, dévoré par la faim.

— Tu viens jouer demain ? lui demanda le Madelinot.

— Je serai à Montréal. Enfin, probablement…

— La première partie de la saison ! Tu ne peux pas manquer ça…

Le sergent-détective haussa les épaules et sortit en contournant les tuiles fraîchement lavées.

Il était plus d'une heure. Le ciel était gris, le fond de l'air, extraordinairement humide. De sa voiture, il appela Majella et lui demanda de dénicher les coordonnées de Mélanie Harvie. Son âge, le nom de son père ainsi que son numéro de téléphone lui parvinrent deux minutes plus tard, alors qu'il prenait place au comptoir du casse-croûte Chez Rosaline.

Il commanda un sandwich aux tomates et un café, et composa le numéro. Une voix d'homme, dotée d'un accent de Fatima, lui déclara que Mélanie était au cégep et qu'il n'avait aucune idée, *godême!*, de l'endroit où se trouvait Rosalie Richard. Il avait manifestement répondu à cette question plus de dix fois depuis le matin. Même scénario, avec un accent différent, chez Ti-Phonse Patton.

Surprenant appela le maire de Havre-aux-Maisons. Sa fille demeurait introuvable.

Le policier sortit de sa poche la photographie de Rosalie Richard. Il éprouva l'absurde sentiment que la jeune fille lui lançait un appel au secours.

Il téléphona à Geneviève Savoie.

— Les enfants ?

— Paraît qu'ils peuvent boire.

— Convoque tout le monde pour quatorze heures. On a peut-être une disparition.

Surprenant engloutit son sandwich en se demandant s'il devait mettre son supérieur immédiat au courant de l'affaire. Officier en chef de l'escouade des Îles-de-la-Madeleine, le lieutenant Roger Asselin brassait un peu de paperasse et assistait aux cérémonies officielles. Pour le reste, il s'en remettait à Surprenant, qui jouissait par le fait même d'une liberté d'action inespérée.

Après avoir occupé un haut poste au Bureau des enquêtes criminelles de Québec, le lieutenant Asselin était tombé au front de la dépression. Il avait implosé, sans fracas ni cause apparente, comme si une rouille invisible le grugeait de l'intérieur. En compagnie de son épouse, une ex-comptable sujette à la kleptomanie, il combattait l'anxiété en observant les oiseaux. L'une des blagues les plus en usage au poste consistait à introduire sans avertissement un visiteur dans le bureau du patron. Les enregistrements de merles et de pics, les photographies géantes de pétrels et de macareux produisaient toujours leur effet.

Surprenant jugea bon d'épargner son supérieur. Vendredi, treize heures quinze : il avait déjà terminé sa semaine de travail.

Le poste de la Sûreté comportait deux salles de réunion. La plus spacieuse, à portée des bureaux, était équipée d'ordinateurs, de tableaux, de machines distributrices, de cartes à grande échelle et de fauteuils confortables. Rénovée à l'aide d'un budget sauvé des compressions, elle devait augmenter la productivité et favoriser le travail d'équipe. La plus petite, un cubicule de quatre mètres sur cinq situé à l'arrière du bâtiment, demeurait pourtant la plus populaire. Elle jouissait de deux avantages décisifs : une fenêtre sur la mer et le percolateur de Majella, un robuste engin noirci par les ans, dont la téléphoniste tirait un carburant explosif. Là, à l'abri des regards des intrus, les policiers pouvaient parcourir les journaux du continent et philosopher sur la misère du monde.

Surprenant s'y présenta à quatorze heures. Les huit agents-patrouilleurs l'attendaient, réunis selon leurs affinités naturelles. Geneviève Savoie, la seule femme du groupe, occupait sa place favorite près de la fenêtre. Avachi devant la cafetière, Pierre Marchessault, dit « le Vieux », déchiquetait avec méthode un gobelet de polystyrène. Se balançant sur les pattes arrière de sa chaise, au fond, Alain McCann observait la scène de son œil futé. Enfin, au centre, parlant et riant bruyamment, Steve Cayouette, Alexis Tremblay, Mathieu Barsalou, Stéphane Brault et Sébastien Godin formaient la meute des jeunes loups. S'ils venaient de tous les coins du Québec, ils avaient une chose en commun : inexpérimentés, avides d'action, ils devaient être manipulés avec précaution.

Les agents se turent et regardèrent Surprenant avec des mines boudeuses. Deux ombres assombrissaient leur fin de semaine : les cumulus qui accouraient de l'est et cette pseudo-disparition qui allait encore tourner en fugue d'adolescente.

Le sergent les mit au courant des faits.

— On lance l'avis ? demanda Brault, toujours prompt à agir.

— Nous n'avons pas le choix. Il va falloir doubler les effectifs pour ce soir. Les gens vont appeler de partout.

Il chargea Godin de questionner Mélanie Harvie et le jeune Patton. Marchessault effectuerait la tournée des bars pour tenter de voir si la jeune fille n'avait pas terminé sa soirée ailleurs. McCann prendrait contact avec le centre hospitalier, à tout hasard, et retournerait chez Roméo Richard pour dresser une liste des amis de la jeune fille.

— Qu'est-ce que je fais ? demanda Geneviève Savoie.

Surprenant avançait en terrain miné. Même si elle devait mourir d'envie de retrouver ses enfants, la jeune femme n'apprécierait pas de jouir d'un traitement de faveur devant ses collègues.

— Tu restes en réserve.

— Et vous, sergent ? glissa Marchessault, dont l'ancienneté lui permettait de se montrer plus familier avec son supérieur.

— Moi ? Je crois que je vais passer chez moi.

Les policiers, au courant des projets de vacances de Surprenant, réprimèrent des grimaces. Comme d'habitude, il s'était réservé la tâche la plus difficile.

# 3

# Fille surgie du blizzard

André Surprenant avait rencontré Maria Chiodini le 6 novembre 1983, à Montréal, au coin de Laurier et de Rivard. La première neige virevoltait, aveuglante. La jeune fille, portant des baskets noires, des bas noirs, une jupe noire, un veston noir et un portfolio noir, avait surgi du blizzard et s'était engouffrée dans la station de métro Laurier. Avant qu'elle disparaisse de sa vue, la rafale provoquée par l'ouverture des portes de verre avait révélé au jeune policier un visage qui l'avait troublé.

Fraîchement promu de l'Institut de police de Nicolet, il achevait un stage de formation à l'Institut médico-légal. Il grimpa dans l'autobus 51, s'aménagea une lucarne dans la buée de la vitre et sombra dans une rêverie de laquelle le tiraient périodiquement les annonces du conducteur et les mouvements de ses voisins.

Chemin de la Côte-Sainte-Catherine, il descendit et regagna une maison jumelée discrète mais cossue. Les lieux lui étaient familiers. Dès quinze ans, il avait quitté Iberville pour aller habiter chez son oncle Roger à Outremont.

Cela s'était produit de la façon la plus simple. Le lendemain du jour où il avait été pris en possession de quatre onces de haschisch à la polyvalente, la Volvo de son oncle s'était immobilisée devant le logement où il vivait, rue Riendeau, avec sa mère et sa sœur aînée. L'oncle Roger était entré, souriant, élégamment vêtu d'une chemise et d'un veston de tweed, et avait salué sa belle-sœur.

Nicole Goyette avait écrasé sa cigarette et regardé son fils dans les yeux.

— André, tu vas aller passer l'hiver chez ton oncle.

L'adolescent avait su que la sentence était sans appel. Sa mère, si blonde, si douce et si frêle qu'elle parût, avait, lorsqu'elle était poussée à bout, une volonté d'acier. Une demi-heure plus tard, la valise à la main, les patins sur l'épaule et la mort dans l'âme, il quittait la maison.

Parmi les cinq frères Surprenant, l'oncle Roger constituait à plusieurs titres une exception. D'abord, il était instruit. Par un concours de circonstances mystérieuses, dont le soutien du curé de Saint-Athanase, il avait complété son cours classique et était devenu architecte. Ensuite, il n'était pas marié et ne manifestait, du moins en public, aucun penchant pour les femmes, ce qui ne manquait pas de susciter certains ragots. Enfin, il jouissait de relations utiles : en l'espace de deux jours, les accusations contre André étaient levées et il était inscrit, bien que mal dégrossi et plutôt cancre, au collège Brébeuf.

L'adolescent s'y trouva noyé dans une cohorte de rejetons outremontais aussi fortunés que gauchisants. Ils s'amusèrent de ses airs campagnards, puis s'inclinèrent devant ses talents, pugilistiques ou autres.

Au fil des mois et des années, l'oncle Roger éveilla chez son neveu l'amour du savoir et des belles choses. André développa notamment une passion pour la musique et apprit à jouer du piano de façon remarquable. Le séjour à Brébeuf devait laisser chez lui des traces durables : toute sa vie, il haïrait les poseurs et les parvenus et ne se sentirait à l'aise que parmi les gens d'origine modeste.

Ce 6 novembre 1983, un flocon de neige accroché à son sourcil gauche, André Surprenant déclara à son oncle, qui n'était pas homosexuel mais amant de l'épouse du recteur de l'Université de Montréal, qu'il avait rencontré la femme de sa vie. L'architecte connaissait la rareté et la profondeur des coups de cœur de son neveu. Il lui conseilla de ne pas la perdre dans le désordre ambiant. Les soirs qui suivirent, Surprenant se tint en embuscade aux abords de la station Laurier. Quatre jours après, Maria Chiodini se présenta, inconsciente de la passion qu'elle suscitait.

Giuseppe Chiodini, maçon de son état, émit des réserves. Quelle idée avait sa fille de s'enticher d'un *canadiano-francese*, d'un *Pepsi*, pire, d'un flic, quand Montréal regorgeait d'Italiens exerçant des métiers honorables ? Sous ses airs affables, ce constable cachait une âme tourmentée. En plus, il ne savait différencier un *sangiovese* d'un *dolcetto*. De quoi allaient-ils parler, les soirs de beau temps, quand Giannina préparerait les *pasta* ?

Le jeune Surprenant, en stratège avisé, conclut qu'il importait d'abord de conquérir la *mamma*. Il enrichit son italien d'opéra en ingurgitant quelques leçons et fit la cour au petit bout de femme sec et taciturne qui avait engendré sa fiancée. Giannina se dégela à son contact, se permettant même de lui fournir quelques conseils quant à la conduite de Maria, laquelle semblait compliquée. Deux mois plus tard, quand les frères Marco et Mario, deux jumeaux dissemblables, rentrèrent de Naples, où ils avaient salué des cousins, ils ne formulèrent aucune objection, du moins en public, quant à l'enlèvement de leur sœur.

Surprenant gara sa Cherokee dans l'allée de gravier. Une pluie fine, fouettée par un fort vent d'est, s'était mise à tomber. Le policier grimaça : la voix feutrée de Billie Holiday lui parvenait d'une fenêtre entrebâillée. De toute évidence, Maria était d'excellente humeur.

Les valises étaient alignées dans le tambour. Dès qu'il franchit le seuil, sa femme l'accueillit, un verre de pineau à la main.

— *Mio caro !* Te voilà enfin ! Viens, je T'IN-TER-DIS de parler !

Il tenta d'ouvrir les lèvres, elle l'embrassa. Il se dégagea, commença : « Maria, je… » Elle fit « Tut ! Tut ! Tut ! » et allongea une main vers son entrejambe.

\* \* \*

Ses moteurs vrombissant dans le ciel grisâtre, le Dash-8 s'éleva sans peine contre les trombes de vent d'est. Tournant sur l'aile, il survola les falaises de Havre-aux-Maisons et mit le cap sur Mont-Joli. Dans la salle d'attente, face aux baies qui lui renvoyaient son image, Surprenant soupira. Somme toute, les choses ne s'étaient pas si mal passées. Il avait certes commis une erreur tactique. Au lieu d'annoncer d'emblée à Maria qu'il ne pourrait partir, il avait succombé à ses avances. Ils avaient fait l'amour, assez sauvagement, dans le salon. Ce n'est qu'après leur dérive postorgasmique qu'il avait abordé la disparition de Rosalie Richard.

Ses parents ayant grandi au pied du Vésuve, Maria Chiodini ne pouvait concevoir l'existence sans éruptions périodiques. Surprenant s'était raidi dans l'attente de la *scène*. Rien n'était venu. Silencieuse, Maria s'était levée et était allée aux toilettes éponger le sperme qui coulait entre ses cuisses. De retour, elle lui avait simplement déclaré, sur un ton dont il ne put dire s'il était compréhensif ou glacial :

— Une jeune fille qui disparaît, c'est plus important qu'une vieille femme qui est là.

Et elle avait mis la dernière main à ses bagages. S'il était justifié par les événements, le forfait de son mari illustrait le conflit qui minait leur couple : il la négligeait à cause de son travail. Leur séjour aux Îles, où Maria n'avait pour exutoires que l'aménagement de la maison et quelques expositions estivales, n'avait pas arrangé les choses. Leur fille était partie à l'université. Leur fils suivrait bientôt ses traces. Les vieux amants se retrouveraient face à face et mesureraient la profondeur du fossé qui s'était creusé entre eux au fil de leurs vingt ans de vie commune.

À bien y penser, le malaise avait d'autres origines. Maria l'avait connu jeune, séduisant et ambitieux.

Le reconnaissait-elle sous sa carapace de quadragénaire ? Il ne jouait plus guère de piano, se contentant d'accompagner ses confrères ou ces abrutis de Dinosaures quand ils beuglaient *Jos Finger Ledoux* ou *La Butte* à la fin de leurs beuveries. Il travaillait beaucoup, s'abrutissait de télévision ou de romans policiers, ne la courtisait plus, ne lisait plus de nouveaux auteurs, émoussait sa sensibilité en démêlant jour après jour les sordides petits délits de ces insulaires qui le considéraient avec un amusement teinté de mépris.

Surprenant se retourna. Une employée d'Air Canada l'observait. Apparemment, la nouvelle de la disparition de la fille de Roméo Richard circulait.

Le cœur lourd, il regagna sa jeep. Si la pluie avait cessé, l'horizon demeurait menaçant. Autour de l'aéroport, accrochées aux talus sablonneux qui s'étageaient jusqu'à la lagune, quelques épinettes rabougries tremblaient sous le vent aigre. Il appela au poste. Godin avait trouvé Mélanie Harvie. Vers deux heures du matin, Rosalie Richard avait quitté sa table, sans dire un mot, et s'était dirigée vers l'arrière de la Caverne. Vingt minutes plus tard, voyant que son amie n'était pas de retour, la jeune fille l'avait cherchée dans les toilettes, puis à l'extérieur. Sans résultat. La conduite de Rosalie lui avait paru étrange. D'une part, son auto n'avait pas bougé. De l'autre, elle avait abandonné un paquet de cigarettes plein sur la table.

Stéphane à Ti-Phonse Patton[*], quant à lui, s'était

---

[*] Aux Îles, pour éviter les méprises dans le langage courant, on accole parfois aux prénoms celui d'un parent, le plus souvent celui du père.

déclaré trop *décollé* pour se souvenir de quoi que ce soit. Tout ce que Godin avait pu en tirer, c'était : « Un moment donné, Rosalie était là. Un moment donné, Rosalie n'était plus là. »

— D'autres témoins ?

— Négatif. Mais je n'ai pas réuni tous les clients qui étaient là.

Marchessault et McCann n'avaient rien recueilli, eux non plus. Surprenant consulta sa montre. Dix-huit heures vingt. Il téléphona à la maison : Félix, son fils, était sorti ou sous la douche. Surprenant avait envie d'un verre, mais n'osait se présenter dans un lieu public de peur d'être assailli de questions.

À tout hasard, il composa le numéro du portable de Bernard Samoisette. La voix de son ami lui parvint, claire et joyeuse.

— Qu'est-ce que tu fabriques ? s'enquit Surprenant.

— Je vérifie mon équipement de hockey. Tu n'as pas pris l'avion ?

— J'ai retardé mon départ. En fait, j'aimerais décompresser un peu.

— Passe à la maison. Élise doit être en train de préparer les apéros.

Laissant derrière lui l'aéroport, Surprenant gagna la route 199 et prit la direction de Cap-aux-Meules. Personne n'avait vu Rosalie Richard depuis qu'elle avait quitté la Caverne, seize heures plus tôt. Aux Îles-de-la-Madeleine, cela représentait une éternité. Devant le centre sportif, il bifurqua vers le chemin Loiseau. Quatre nouveaux véhicules étaient stationnés en face de la maison de Roméo Richard. Des parents, des amis étaient venus partager son angoisse. Sur la façade, une lumière brillait, solitaire.

# 4

# Apéro chez un Dinosaure

Quand il s'était installé aux Îles après sa résidence en médecine familiale, Bernard Samoisette voulait pratiquer des accouchements. De façon à pouvoir voler sans délai, hiver comme été, au chevet de ses parturientes, il restreignit ses recherches domiciliaires à un rayon de cinq kilomètres du centre hospitalier. D'un cancéreux, il acheta un bungalow perché sur une butte dominant Cap-aux-Meules. Modeste, la maison ne possédait pas de cachet, mais offrait une vue saisissante sur la côte sud des Îles, de la Pointe-Basse jusqu'aux Demoiselles de Havre-Aubert.

Surprenant stationna sa Cherokee dans l'entrée asphaltée, déjà occupée par une fourgonnette Dodge et une Altima verte. Il fut accueilli par Alexandre, onze ans, qui se pavanait dans le chandail des Dinosaures de son père.

Derrière l'îlot central de la cuisine, Élise Morency, souriante, malaxait de la glace devant trois verres ourlés de sel, des citrons et une bouteille de tequila. Au début de la quarantaine, de petite taille, la psychiatre n'était pas une beauté. Encadré par de courts cheveux noirs striés de gris, son visage étroit, discrètement grêlé par l'acné, était racheté par une expression de bonté et d'intelligence.

— Ça va ?

Elle le scrutait de ses prunelles noires.

— Ça va, fit Surprenant, d'un ton peu convaincant.

— Tu prends une *margarita* ?

— Pourquoi pas ?

— Bernard est au sous-sol. D'après ce que j'ai compris, il s'adonne à un rituel.

Surprenant hocha la tête, sans relever l'allusion. Chaque fois qu'il rencontrait la psychiatre, il éprouvait l'envie de se confier. Certains musiciens dotés de l'oreille absolue savaient si une sirène émettait un *mi* ou un *la*. Élise Morency possédait le don de pénétrer les âmes, d'une façon si naturelle que jamais elle ne donnait l'impression d'user de son expérience professionnelle.

Surprenant l'avait connue en mai, dans son bureau du centre hospitalier, le lendemain du jour où Emmanuel Lafrance s'était pendu à une poutre du chalet de ses parents. Face à la mort de son patient, la psychiatre se montrait à la fois abattue et philosophe. Les jeunes schizophrènes, surtout ceux qui étaient très fonctionnels avant le début de leur maladie, présentaient un risque suicidaire élevé. Ils passaient à l'acte sans prévenir, impulsivement, dans un accès de désespoir.

Il y avait peu à ajouter. Surprenant avait posé les questions habituelles. Y avait-il eu des signes précurseurs ? Elle avait feuilleté le dossier, relevé les notes relatives à leurs rencontres. La dernière datait de trois jours. Le jeune homme, effectivement, lui avait paru fébrile et pessimiste. Elle avait envisagé d'additionner un stabilisateur de l'humeur à sa médication, puis avait décidé d'observer et de le revoir la semaine suivante.

Elle avait soupiré.

— De toute manière, je ne crois pas que ça aurait changé grand-chose. Ces trucs-là mettent du temps à agir.

— Vous exercez un métier difficile.

— Il ressemble au vôtre. Les échecs sont plus visibles que les succès.

Elle avait ébauché un sourire et refermé le dossier. Surprenant avait noté que sa main tremblait. Il s'était demandé où cette petite femme trouvait la force de se colleter quotidiennement avec la folie.

Elle lui tendit sa *margarita*. L'apéritif, frais, acidulé, lui rappela son dernier voyage au Yucatán. Maria s'était tordu une cheville en apprenant le *merengue* et avait passé les jours suivants à relire Cervantès et à pester sous son parasol.

— Je croyais que vous partiez en vacances, Maria et toi, dit Élise Morency.

— J'ai un empêchement.

— Rien de grave, j'espère ?

— Une jeune fille qui n'est pas rentrée coucher.

— Les parents doivent être morts d'inquiétude !

Surprenant acquiesça avec réticence. Il n'aimait pas parler de ses enquêtes avec ses amis.

— Tu manges avec nous ? demanda Élise.

Il refusa à contrecœur. Il devait retourner au poste pour faire le point sur les recherches. Élise Morency lui tendit un second verre en lui indiquant du nez l'escalier du sous-sol, d'où montaient des bruits insolites.

Surprenant descendit. Son sac de hockey ouvert sur le congélateur, équipé de pied en cap, Bernard Samoisette gigotait comme un éperlan devant un but de plastique rafistolé à l'aide de ruban gommé.

— Et c'est le but !

Extatique, Hugues Samoisette, huit ans, fit le tour de la pièce les bras en l'air. Son père se releva, en nage, et saisit son apéro. Mince, les cheveux en bataille, Bernard Samoisette était une curiosité de la nature : depuis quinze ans, il accumulait des semaines de travail de soixante-dix heures tout en conservant une dégaine d'adolescent et un teint de jeune fille.

— Tu essaies toujours ton équipement la veille d'une partie ? s'enquit Surprenant en empoignant un bâton.

Les deux hommes s'étaient connus au sein des Dinosaures. Ils avaient vite fraternisé : ils provenaient tous deux de la région de Saint-Jean-sur-Richelieu, avaient le même âge et des intérêts communs, notamment pour le jazz, l'Italie et le hockey. Depuis qu'Élise fréquentait Bernard, les deux couples partageaient des soupers ou sortaient en mer à bord du voilier de la psychiatre.

— Toujours. Le mental, y a que ça ! Brett Hull s'amène à l'aile droite, contourne le défenseur, s'élance et...

— QUEL ARRÊT ! hurla le jeune Hugues.

— Mais Chris Chelios récupère la rondelle à la ligne bleue... Comment ça va ?

— Plutôt mal. J'ai dû reporter mon départ pour Montréal. Maria est en joual vert.

— Il décoche un boulet et...

— QUEL ARRÊT !

— Tu es sur une affaire ? Le retour file droit sur la palette de Brett Hull et…

— Une jeune fille qui a découché sans avertir. Le père est aux abois.

— … il rate la cible de vingt-deux centimètres ! Tu viens jouer demain ?

— Je ne sais pas.

Surprenant saisit la rondelle de caoutchouc et décocha un tir parfait dans le coin supérieur gauche du but. Il se sentait contrarié : il aurait aimé prendre un verre avec Samoisette, seul à seul, au lieu de débarquer dans une scène de vie familiale.

— ET C'EST LE BUT ! s'exclama derechef Brett Hull.

Samoisette, figé dans sa position papillon, laissa tomber ses gants et son bâton et décréta que les Red Wings avaient gagné. Hugues protesta :

— On venait juste de commencer !

Son père retira son équipement, la mine coupable. La garde partagée n'était pas un sport de tout repos. Toutes les deux semaines, avant d'aller conduire sa progéniture chez son ex, il était tenaillé par un sentiment d'impuissance et de rage que ses enfants exploitaient subtilement.

— Je vais t'attendre en haut, glissa Surprenant.

Il remonta au rez-de-chaussée. Élise Morency, à quatre pattes, ramassait les jouets qui jonchaient la salle de séjour. Sur le sofa en cuir, les yeux fixés sur *La Belle au bois dormant*, Laurence, la benjamine, feignait de l'ignorer. Des trois enfants, elle était celle qui manifestait le plus d'hostilité à l'égard de la nouvelle blonde de son père. Enfouie sous sa doudou, le regard morne et accusateur, elle passait des heures prostrée devant le téléviseur. Elle faisait des cauchemars et des insomnies. Sur le conseil d'Élise, Samoisette l'avait emmenée consulter un psychologue.

— Tu as besoin d'aide ? offrit Surprenant.

— J'achève, dit la psychiatre.

Surprenant tendit l'oreille. Un bruit strident, régulier, était audible à l'étage.

— Tu entends ?

Élise Morency secoua la tête, souriante.

— C'est la dernière trouvaille de Hugues. Il s'amuse à faire sonner son réveil.

Elle disparut vers l'escalier. Surprenant resta seul avec Laurence. Il alla s'asseoir à ses côtés sur le sofa. La fillette replia ses jambes sous sa couverture et lui jeta un regard oblique.

— Ça va, Laurence ?

— J'ai hâte de retourner chez maman.

La fillette, fermée, reporta son attention vers le téléviseur. Décidément, les choses ne semblaient pas s'améliorer.

Élise réapparut.

— Où en es-tu avec ta jeune fugueuse ?

— On a lancé un avis de recherche. Je ne crois pas qu'il s'agisse d'une fugue.

— En tout cas, j'espère que tu ne la retrouveras pas tranchée en morceaux, s'écria Samoisette qui montait sur les entrefaites. C'est moi qui suis coroner, cette semaine.

— Je ne voudrais surtout pas gâcher ta fin de semaine, ironisa Surprenant.

Samoisette s'approcha d'Élise Morency et l'enlaça affectueusement. Les deux médecins avaient commencé à se fréquenter en avril et se montraient toujours très amoureux. Au début, Samoisette, qui émergeait d'un pénible divorce, avait tenu leur relation secrète. Ce n'était qu'en juin, à la fin de l'année scolaire, qu'ils s'étaient affichés. La psychiatre, célibataire et sans enfants, avait été graduellement introduite auprès d'Alexandre, de Hugues et de Laurence. Depuis un mois, Bernard et elle abordaient une phase critique de son intégration : elle couchait chez lui un ou deux soirs par semaine quand il avait la garde des enfants.

Laissant Laurence à sa bouderie, ils retournèrent à la cuisine et entreprirent de célébrer le début de la fin de semaine. En contrebas, sa proue relevée, le traversier fraîchement arrivé de l'Île-du-Prince-Édouard régurgitait voitures et camions-remorques. Assis à la table, intervenant de loin en loin dans la conversation, Surprenant observait les deux tourtereaux qui, côte à côte, tranchaient des légumes pour les *fajitas*. Bernard, apaisé par la présence de sa conjointe, avait oublié qu'il allait dans deux heures reconduire ses enfants chez son ex.

Le sergent-détective vida son verre, en proie à un malaise. Il aurait dû se réjouir du bonheur de son ami. Il ressentait un sentiment d'agacement. Était-ce de la jalousie ? Samoisette, à quarante ans, vivait un nouvel amour tandis que le couple qu'il formait avec Maria flageolait sous l'usure.

Était-ce autre chose ? La nuit tombait. La disparition de cette fille le tourmentait. Refusant une deuxième invitation à manger, il prit congé et sortit.

# 5

# Chemin Boudreau

Le vent avait forci, mais il ne pleuvait pas. Surprenant arrivait au poste lorsque son cellulaire sonna. Il reconnut la voix excitée de Mathieu Barsalou. On avait trouvé le corps.

Le chemin Boudreau était situé à Cap-aux-Meules, non loin de l'hôpital. Bordée d'un côté par l'église et le cimetière, de l'autre par quelques cottages, l'allée était peu passante. À son extrémité, une piste cyclable longeait une falaise de grès rouge de sept ou huit mètres de hauteur. Quand Surprenant s'y présenta, l'endroit était déjà envahi par deux autos-patrouilles et une douzaine de curieux. Il nota avec satisfaction que Geneviève Savoie avait établi un périmètre de sécurité.

Marchessault, très pâle dans la clarté des phares, vint à sa rencontre.

— Je te préviens. C'est spécial.

Derrière le cimetière et la piste cyclable, à travers le foin mouillé, un sentier menait à un bosquet d'épinettes tordues par le vent salin. Aux abords de la côte, la brise était plus mordante. Les vagues grondaient sur la plage.

Au milieu des arbres, dans une clairière jonchée de bouteilles de bière et de reliefs de feux de camp, aux pieds de Godin et de McCann qui semblaient désemparés, Rosalie Richard était couchée dans l'herbe, nue, les yeux fixés dans une expression d'horreur muette. Les mains liées dans le dos, les cuisses écartées, la nuque rejetée vers l'arrière, elle ressemblait à une vierge sacrifiée par un sorcier barbare.

McCann dirigea le faisceau de sa lampe de poche vers le cou et s'éclaircit la gorge :

— Je crois qu'elle a été étranglée.

La lumière révéla, entre les seins et sur le ventre plat, une dizaine de coquillages. Coques, bigorneaux, moules, couteaux, buccins, dollars de sable, il y en avait pour tous les goûts.

— Quelle est cette cochonnerie ? s'insurgea Surprenant.

— Une signature ? risqua Godin.

— Si je mets la main sur le détraqué qui a fait ça, grogna Marchessault, je vais lui en faire une signature !

Le cadavre ne présentait pas de signes de mutilation. Nauséeux, le cœur serré, Surprenant se pencha. La peau de la base du cou portait des ecchymoses. Les paupières étaient ponctuées de discrètes hémorragies. Les lèvres, meurtries, montraient des traces de ruban adhésif. La tête formait avec le tronc un angle peu naturel.

D'une main tremblante, il toucha l'avant-bras de la jeune fille. La peau était froide. Il exerça une pression. La rigidité cadavérique avait commencé à s'installer. La mort remontait à plusieurs heures. Il se redressa et prit une profonde inspiration.

— Je ne suis pas médecin, mais j'ai l'impression qu'elle a aussi une fracture de la nuque. Éloignez-vous. Empêchez quiconque d'approcher. J'appelle le coroner et Rimouski.

Geneviève Savoie s'était jointe à eux. Les cinq policiers, troublés, fixaient le cadavre. Au cours de leur carrière, ils avaient constaté la mort de plusieurs accidentés, de quelques suicidés. Pour la première fois, ils étaient en présence d'un assassinat.

Bien qu'emmêlés par la pluie de l'après-midi, les cheveux d'un blond doux faisaient une tache claire dans la pénombre. Les yeux toujours bleus malgré la dilatation des pupilles, le nez mutin semé de taches de rousseur, les membres minces et souples, Rosalie Richard avait été une belle fille. Recouverte d'une toison pâle, révélée par la position obscène, la vulve attirait leurs regards. La jeune fille avait-elle été violée ? La présence de Geneviève Savoie rendait les hommes mal à l'aise, comme s'ils étaient responsables du calvaire de la victime.

La pluie se mit à tomber. Surprenant ordonna qu'on tende une bâche au-dessus de la scène et qu'on prenne des photographies sous tous les angles.

Il retourna à sa jeep. La nausée refluait. Il respirait bruyamment. Son cœur battait à tout rompre. Son poing droit était serré. Les mots « Qui a fait ça ? » tournaient tel un leitmotiv dans sa tête. Pourquoi ce crime le mettait-il dans un pareil état de rage ?

Il reprit possession de lui-même et composa le numéro du poste de Rimouski. Sa colère s'apaisant, il dut admettre, avec un certain sentiment de culpabilité, qu'il se sentait à la fois soulagé et excité. Il avait eu le nez fin en ne partant pas à Montréal avec Maria.

Après s'être occupé pendant quinze ans de bricoles, il tenait enfin une véritable affaire.

* * *

Rejoint à son chalet de Sainte-Luce-sur-Mer, Claude Lelièvre, directeur du B.E.C.*, réagit avec une vigueur inhabituelle. Il dépêchait sur-le-champ une équipe par hélicoptère.

— Tu n'y vas pas avec le dos de la cuiller, observa Surprenant.

— Le meurtre d'une jeune fille, aux Îles-de-la-Madeleine, c'est une affaire *nationale*. Attache ta tuque. Demain, tu auras une demi-douzaine de journalistes sur le dos.

Le ton de Lelièvre, qui était né à Rivière-au-Renard, trahissait une pointe d'envie. Avec le développement du tourisme, les Îles-de-la-Madeleine jouissaient auprès des Québécois d'une indéniable vogue. Les journalistes du monde entier y affluaient, l'été, pour se gaver de pétoncles et de homards. Des animateurs du Plateau-Mont-Royal, des rentiers américains, des célébrités diverses y achetaient pour une bouchée de pain des maisons à pignons et s'y régénéraient dans la saumure.

Pendant ce temps, la Gaspésie, qui gardait certaines prérogatives administratives sur les Îles, languissait.

— Les journalistes, ça ne me fait pas peur. Vous envoyez un enquêteur ?

---

* Bureau des enquêtes criminelles.

— Tu n'as jamais travaillé sur un meurtre, Surprenant. Et tu sais très bien que les crimes majeurs contre la personne relèvent de la compétence du B.E.C.

— Qui ?

— J'imagine que ce sera Gingras. C'est son genre d'affaire.

André Surprenant laissa planer un silence lourd de sous-entendus. Il connaissait Denis Gingras, comme tout le monde. Son passage à l'escouade Carcajou et son rôle dans l'affaire Di Pietro n'avaient rien fait pour lui désenfler le cerveau. Ni pour lui assouplir le caractère.

— Ça ne te dérange pas, au moins ? persifla Lelièvre. Un meurtre crapuleux aux Îles, on ne peut pas confier ça à un *local*.

Surprenant écrasa la touche *end* de son portable.

La foule des badauds grossissait de minute en minute. Il devait bien y en avoir une trentaine, de tous âges et de tout acabit, qui fumaient, tendaient le cou et fabulaient sous la pluie.

Toussant et reniflant, Geneviève Savoie, dite la « femme-police », montait la garde devant le périmètre.

— Tu n'as pas attrapé le virus de tes enfants, j'espère ? s'inquiéta Surprenant en s'approchant.

— Laisse donc mes enfants tranquilles, André.

Geneviève Savoie était une femme sensible, qui pouvait se montrer abrupte si on l'abordait sans intelligence. Le meurtre l'avait bouleversée, elle aussi.

Surprenant soupira :

— Je voulais juste détendre l'atmosphère. Crois-tu que Roméo Richard est déjà au courant ?

Geneviève Savoie observa les curieux, comme si elle pouvait lire leurs pensées ou deviner le cheminement de la rumeur qui déferlait, en cet instant même, sur le système téléphonique de l'archipel.

— Les Madelinots ne sont pas fous. Ils savent que nous sommes payés pour faire ce genre de travail.

Il y eut un silence, meublé par le crépitement de la pluie sur leurs casquettes.

— Tu veux que j'y aille ?

— Je veux être ici quand le coroner va se pointer. Prends Marchessault avec toi. Il a le tour.

# 6

## Constatations

La bâche, d'un rouge flamboyant, était tendue au-dessus du cadavre de Rosalie Richard. Le coroner tardait. Dans une auto-patrouille, Surprenant recueillait la déposition de la femme qui avait découvert le corps.

Émérentienne Leblanc, la soixantaine, le cheveu rare, avait la carrure d'un tonneau. Veuve depuis un an, elle habitait la dernière maison du chemin Boudreau, à cent pas du bosquet de conifères, en compagnie de son fils Maurice, célibataire et sans emploi. Sa voix aiguë, flexueuse, jurait avec son gabarit.

— Comment avez-vous découvert le corps ?

— J'ai marché jusqu'au cap et je l'ai vu, *godême* !

— Pourquoi vous êtes-vous rendue là-bas ?

— J'ai pensé que la jeune pouvait être là. Ils avaient parlé de sa disparition à la radio communautaire.

— Qu'est-ce qui vous a fait penser que la jeune fille pouvait être sur le cap ?

— Y avait le chien qui n'était pas dans son assiette. Et aussi le char la nuit passée.

— Le char ?

— Je dors mal depuis que Gildas est mort. Quand on est habituée de coucher à côté d'un homme qui ronfle… Cette nuit, j'ai entendu une auto. Ça arrive souvent. Les jeunes viennent ici, l'été, même l'automne, pour prendre un coup ou… comment ils disent ça ?... baiser.

Fière de son effet, Émérentienne Leblanc gloussa de bon cœur, ce qui permit à Surprenant de constater qu'il lui manquait quelques dents. D'un grognement, il l'encouragea à continuer.

— Sauf que l'auto a semblé virer du côté du cimetière. J'ai trouvé ça bizarre.

— Pourquoi ?

— Les jeunes stationnent toujours au bout de la route, face à la mer. Tout le monde sait que l'herbe est traître en arrière du cimetière. C'est facile de s'embourber. Il y a des trous, de la boue, surtout en automne. Si vous voulez mon avis, c'est pas quelqu'un des Îles qui a fait ça. C'est quelqu'un d'en dehors.

— Et ensuite ?

— J'ai rien entendu. Ça aussi, c'était pas catholique. D'habitude, les jeunes font du bruit. Ils font claquer leurs portes de char, ils crient, ils chantent. Ils ne font pas attention aux voisins. La nuit passée ? Pas un son. *Nothing*. Puis après vingt minutes, le moteur a grondé. Comme je vous expliquais, le gars a dû avoir de la misère à sortir du champ pour rembarquer sur le chemin. Les pneus ont crié, ça a fait un tapage de tous les diables.

— Vous êtes certaine du vingt minutes ?

— Certaine. Vingt-cinq, au grand plus.

— Quelle heure était-il, selon vous ?

— J'ai regardé mon réveil quand l'auto est partie. Il était deux heures quarante.

— Votre fils était à la maison la nuit dernière ?

— Maurice? Vous en tirerez pas grand-chose. Il était *plein moribe**.

Surprenant remercia la sexagénaire. S'il ne connaissait pas toutes les subtilités du dialecte local, il soupçonnait que l'état du fils, la nuit du crime, ne lui permettrait pas de faire progresser l'enquête. Avant de quitter l'auto-patrouille, la femme répéta, sur un ton sentencieux: «Oubliez pas, sergent. C'est pas quelqu'un des Îles qui a fait ça. C'est quelqu'un d'en dehors.»

D'un hochement de tête, Surprenant congédia son témoin. La solidarité des insulaires était un réflexe atavique. Les Madelinots avaient longtemps vécu sans juges ni police, se gouvernant eux-mêmes selon des codes importés d'Acadie. L'exiguïté du milieu et l'étroitesse des liens familiaux rendaient le crime malaisé: aussitôt pris, le déviant, pour peu que son délit soit grave, était exilé sur le continent, à fond de cale plutôt qu'en première. Dans ce pays où bien des gens laissaient leurs clefs dans leur auto et dormaient sans verrouiller leurs portes, il n'était pas étonnant que la plupart des méfaits soient d'abord mis sur le dos des étrangers, lequel était fort large.

Se frayant un passage à travers une foule qui grossissait à vue d'œil, Surprenant examina la bordure de la route. Émérentienne Leblanc avait l'oreille fine: formant un quart de cercle à partir du gravier, des traces de pneus fraîches, profondes, montrant des signes de patinage, s'enfonçaient entre la falaise et le cimetière.

---

* Ivre mort.

Gorgées d'eau, piétinées par endroits, les empreintes seraient difficiles à analyser. L'espacement suggérait une grosse voiture ou un pick-up.

Surprenant ordonna qu'on étende le périmètre de sécurité. Le témoignage de la veuve était providentiel. Selon Mélanie Harvie, Rosalie Richard avait quitté la Caverne vers deux heures du matin. À deux heures et quart, quelqu'un déposait son corps, ou la tuait, au bout du chemin Boudreau. Les deux points n'étaient espacés que d'un kilomètre. Néanmoins, le meurtrier avait eu peu de temps pour accomplir sa besogne.

Un éclair traversa l'esprit du policier : il avait oublié d'aviser son supérieur. Il le fit, à l'aide de quelques phrases neutres qui provoquèrent pourtant chez Roger Asselin un accès de panique.

— Ne vous inquiétez pas, tout est sous contrôle, assura Surprenant.

— J'arrive.

— Ce n'est pas nécessaire. J'ai téléphoné à Rimouski. Ils dépêchent une équipe.

Asselin soupira. La moindre décision faisait grimper son anxiété.

— Appelle-moi quand tu sauras à quelle heure ils arrivent. Je veux être là pour les accueillir.

— C'est comme vous voulez.

Bernard Samoisette se pointa, portant une mallette qui lui donnait l'air d'un homme d'affaires. La chemise mal boutonnée, il affichait une mine renfrognée.

— J'ai toujours pensé que tu avais une bonne intuition, dit Surprenant.

— Qu'est-ce que c'est ? Un suicide ? Un accident ? Un meurtre ?

— Je coche le troisième.

Surprenant guida son ami vers le corps. Aux Îles, la fonction de coroner était assurée par deux omnipraticiens qui se partageaient les enquêtes, plutôt rares, selon leur disponibilité. Le rôle de Samoisette se réduirait à constater le décès, à procéder à un examen sommaire et à laisser la scène en l'état en attendant l'équipe du B.E.C. et l'autopsie.

Il pleuvait toujours, *ostinato*. Les épinettes dégageaient une odeur capiteuse qui se superposait à celle, iodée, des algues qui pourrissaient au pied de la falaise. Les lumières des phares, répercutées par la bâche écarlate, donnaient au cadavre de Rosalie Richard des tons cuivrés.

Samoisette réprima une grimace, passa des gants et se pencha sur le corps.

— Fracture cervicale, décréta-t-il après dix secondes d'examen.

— Par-dessus le marché, elle a été étranglée. Est-ce qu'on peut casser le cou de quelqu'un en l'étranglant ?

— Je laisse ça au médecin légiste. Tu as une lampe de poche ?

Sous l'éclairage plus cru, le visage de Rosalie Richard prit une teinte jaunâtre, sinistre, qui évoquait celui d'une statue de cire.

— Il y a un hématome sur le crâne, en pariétal droit. Pas de signe d'enfoncement. Il y a eu un peu de saignement. Elle a reçu un coup, c'est certain. Sans doute donné par un gaucher.

— Ou un droitier qui aurait frappé par-derrière.

— Sors un sac, André. On est tombés sur le *jackpot*.

Le médecin éclairait la vulve.

— Deux poils foncés ! Le gars a été assez idiot pour déposer sa carte de visite.

À l'aide d'une pincette, Samoisette saisit deux poils noirs, frisés, et les glissa précautionneusement dans un sac à prélèvement.

— De l'or en barre ! Sur l'un des poils, il y a suffisamment de follicule pour effectuer une analyse d'ADN.

Il poursuivit son examen, scrutant la peau, palpant chaque membre à la recherche d'ecchymoses ou de fractures. La paume de la main gauche portait une cicatrice de deux centimètres, qui semblait dater de trois ou quatre semaines. Il tourna le corps sur le côté. Les poignets étaient liés par une corde de nylon jaune, d'un type courant. Fixé à un avant-bras par un nœud complexe, le lien faisait plusieurs tours très serrés autour des poignets puis se terminait par une série de demi-clefs.

Le portable de Surprenant sonna. C'était Marchessault.

— On a un problème. Le père veut voir le corps.

— Pas question.

— Je le lui ai dit. Ce n'est pas un homme facile à manier. Il est déjà en route vers Cap-aux-Meules.

Surprenant soupira. Il n'avait jamais travaillé à une affaire de meurtre, mais il connaissait les principes d'investigation. Les informations concernant un crime doivent rester secrètes, à commencer par la façon dont il a été commis. À ce stade de l'enquête, aucun suspect n'était exclu, pas même le père de la victime. Qu'il soit pêcheur de crabes, maire de Havre-aux-Maisons et s'appelle Roméo Richard ne changeait rien à l'affaire.

Laissant Samoisette à sa besogne, Surprenant rejoignit Godin qui montait la garde devant le périmètre. McCann accourut, excité. Il avait découvert une série d'empreintes de pas entre l'endroit où l'auto s'était immobilisée et le promontoire.

— Quel genre d'empreintes ?

— De grandes empreintes, assez profondes. Le gars doit porter au moins du douze !

— Prends des clichés et pose une toile par-dessus. C'est important. Tu as bien photographié le corps ?

— Deux films, sergent.

Surprenant tenait à avoir ses images de la scène avant l'arrivée de l'équipe de Rimouski.

Sept minutes plus tard, Roméo Richard descendit de sa Lincoln, désespéré et furibond, et exigea de voir le corps de sa fille. Usant d'abord de son autorité, puis de sa stature, Surprenant s'interposa, bientôt aidé par deux géants de la Petite-Baie qui escortèrent leur maire jusqu'à sa voiture. Richard s'y assit, brisé, et s'abîma dans la contemplation du phare de l'Île d'Entrée.

Après quelques minutes, Surprenant l'y rejoignit. L'homme pleurait en silence, de grosses larmes dévalant ses joues ravinées par le soleil et les intempéries.

— Je suis désolé, monsieur Richard.

— J'ai juste une chose à vous dire. Attrapez avant moi le bandit qui a fait ça! Si je lui mets la main au collet, je l'*édjibe*[*]!

— Nous aurons besoin de quelqu'un pour identifier le corps quand les experts auront fini leur travail.

Le maire hocha la tête, ferma les yeux pour se préparer à l'épreuve. Surprenant chercha en vain des phrases de consolation. Il eut envie de poser sa main sur l'épaule du pêcheur. Le geste lui parut déplacé. À la fin, il ne prononça que cette promesse:

— Nous le trouverons, monsieur Richard. Soyez certain que nous le trouverons.

— Faites votre ouvrage.

Surprenant jeta un œil sur sa montre. Il était dix-neuf heures quarante-cinq. À peine deux heures s'étaient écoulées depuis qu'il avait laissé Maria à l'aéroport. Il se rappela soudain qu'il devait conduire Félix à son entraînement de basket-ball. Il lui téléphona et lui demanda de s'y rendre par ses propres moyens.

— Je vais appeler Kevin. Qu'est-ce qui arrive, papa? Tu as l'air en colère.

André Surprenant hésita:

— Je te conterai ça plus tard. Je risque d'être pris toute la soirée. Peut-être toute la nuit.

«Tu as l'air en colère»… Félix avait beau passer une bonne partie de son existence immergé dans sa musique, il était pourvu d'un périscope. Surprenant comprit que la confrontation avec Roméo Richard

---

[*] *Édjiber*: éviscérer.

avait exacerbé la rage qui couvait en lui depuis la découverte du cadavre. S'abandonner ainsi à ses états d'âme n'était ni sage ni efficace. Devant la jeune femme assassinée, il avait réagi comme un père, non comme un policier. En contemplant le corps inanimé, il avait pensé à sa fille Maude, qui étudiait à Montréal. Elle aussi pouvait être victime d'un désaxé. Le meurtre de Rosalie Richard le révoltait parce qu'il semblait le fruit d'une pulsion morbide, gratuite.

La sonnerie de son portable le tira de sa rêverie. C'était Rimouski. L'hélicoptère transportant l'équipe du B.E.C. atterrirait près de l'hôpital à vingt-deux heures.

Bernard Samoisette réapparut. Il paraissait moins tendu qu'à son arrivée.

— Tu as trouvé autre chose ? demanda Surprenant.

— Selon la température et la rigidité du corps, le décès remonte à seize ou vingt heures.

— Soit peu de temps après sa disparition de la Caverne.

— Elle a été violée. Je croirais que ça s'est produit après sa mort. Des contusions au niveau du vagin. Une bonne lacération à l'anus qui n'a pas saigné du tout.

Les deux hommes observèrent un silence malaisé. Samoisette leva sur son ami des yeux troublés.

— Une sale histoire, n'est-ce pas ?

— C'est le moins qu'on puisse dire, grogna Surprenant.

— J'ai beau exercer un métier difficile, je me demande ce qui pousse un homme à devenir policier.

— On pourrait soumettre mon cas à Élise.

Samoisette esquissa un sourire.

— Je sais la question qu'elle te poserait. Qui veux-tu venger ?

— Et toi ? Qui veux-tu sauver ?

Le médecin haussa les épaules, donna un coup de poing sur l'épaule de Surprenant et s'éloigna.

Le policier le rattrapa.

— Laisse-moi tes échantillons. Ces deux poils, c'est tout ce que j'ai de solide.

Il disposait de deux heures pour faire le point avant l'arrivée des sommités du continent. Avant tout, il devait fouiller sa mémoire. Une impression, si fugitive qu'il se questionnait sur sa réalité, l'agaçait : sur la scène du crime, il avait entrevu quelque chose qui lui avait paru familier.

# 7

# Conciliabule

La pluie avait cessé aussi brusquement qu'elle avait commencé. Le vent tournait au sud-est. Brillant par intermittence derrière les nuages, une lune croissante dansait sur les eaux agitées de la Baie de Plaisance. Malgré le mauvais temps et les demandes des policiers, une centaine d'insulaires, ravitaillés par une cantine mobile, encombraient le chemin Boudreau dans l'attente de développements.

Stéphane Brault s'approcha.

— Sergent, les médias réclament de l'information.

L'agent Brault, un pur Montréalais, avait parlé avec une ironie non dissimulée. Les médias, aux Îles, étaient fortement personnalisés: le président-fondateur-éditeur-trésorier-journaliste du *Fanal*, le journaliste de la radio communautaire et la correspondante de Radio-Canada.

— Brault, je te donne un conseil: respecte les journalistes. Ça t'évitera des problèmes.

Mettant sa théorie en pratique, Surprenant se livra à un bref point de presse. Le corps d'une jeune femme avait été retrouvé vers dix-neuf heures au bout du chemin Boudreau à Cap-aux-Meules. Son identité n'avait pas été établie. La Sûreté avait dépêché une équipe du Bureau des enquêtes criminelles de Rimouski. Une autopsie aurait lieu le lendemain à Montréal.

Les journalistes, après avoir tenté en vain de lui faire admettre qu'il s'agissait de Rosalie Richard, se retirèrent en maugréant.

Pendant que Godin surveillait l'accès au périmètre, Surprenant rassembla Marchessault, McCann et Savoie dans une auto-patrouille. Il les mit au courant des découvertes de Samoisette et leur annonça que Denis Gingras débarquerait dans moins de deux heures avec une équipe du B.E.C.

Un silence évocateur accueillit l'information. Ils partageaient, en ce qui concernait le meurtre de Rosalie Richard, leurs derniers instants d'autonomie. À l'instar de leur chef, ils ressentaient à des degrés divers un sentiment de frustration.

— Nous allons devoir nous placer à leur service, continua Surprenant d'un ton neutre. J'aimerais que vous gardiez les yeux ouverts. Nous n'avons pas l'expérience de ce genre d'enquête. Par contre, nous possédons un avantage sur ces gars-là : nous connaissons le milieu.

Marchessault sourit :

— Tu veux arrêter le coupable toi-même ?

Surprenant fixa Pierre Marchessault. Vingt ans d'ancienneté, du potentiel, mais une carrière fauchée par des problèmes personnels. La cascade habituelle : alcool, divorce, dépression. Sa question était moins une raillerie qu'un avertissement. Marchessault connaissait les mœurs de la Sûreté. Si Surprenant commettait un impair devant une prima donna comme Gingras, il était bon pour les oubliettes.

— Tant qu'à recevoir une vedette, aussi bien lui

montrer qu'on n'est pas des deux de pique. Récapitulons. Rosalie a quitté la Caverne vers deux heures. Vingt minutes après, quelqu'un est venu ici en auto.

— Rien ne prouve que ces traces soient celles du meurtrier, objecta Geneviève Savoie. Il a pu se débarrasser du corps plus tard dans la nuit, sans être vu ni entendu de personne.

— C'est possible, admit Surprenant. Le témoignage de Mme Leblanc reste néanmoins important. Selon Bernard Samoisette, la mort de la victime remonte à seize ou vingt heures, soit entre minuit et quatre heures la nuit dernière. L'autopsie nous renseignera là-dessus. Maintenant, j'aimerais connaître vos observations.

— *A priori*, c'est le crime d'un homme seul, commença McCann. D'abord, à cause du viol. Ensuite, à cause des empreintes. Il n'y en a qu'une série. Elles sont grandes, profondes, assez rapprochées l'une de l'autre. Ce sont les traces d'un homme qui portait un fardeau.

— Probable. Pierre?

Marchessault triturait son lobe d'oreille gauche, qui était plus long que son jumeau.

— Ce que je trouve bizarre, c'est qu'elle ait le cou cassé et qu'elle ait été étranglée. Deux blessures mortelles. Pourquoi?

Personne n'avait de réponse. Surprenant se tourna vers Geneviève Savoie. Les yeux fixés sur les rigoles du pare-brise, la jeune femme réfléchissait.

— Alain croit que c'est un crime d'homme. Moi, je pense que c'est le crime d'un idiot. Un gars étrangle une fille, il la dépose sur un cap, à cent mètres d'une maison, près d'une piste cyclable. Il laisse des poils sur le cadavre, des empreintes tout autour… Faut pas être fort !

Tout le monde convint que l'assassin semblait avoir négligé de prendre quelques précautions.

— Le gars a peut-être agi sous le coup de la panique, suggéra Marchessault. Il a tué la fille sans trop le vouloir et il s'est débarrassé du corps n'importe comment.

Surprenant fit la moue.

— Ce n'est pas mon impression. C'est étrange, aucun d'entre vous n'a parlé des coquillages…

Il y eut un silence.

— Godin l'a dit tantôt, rappela McCann. Ça fait signature de psychopathe.

— C'est une piste, concéda Surprenant. Il y a quelque chose sur la scène qui me chatouille les méninges… Je ne sais pas exactement ce que c'est.

La buée se formait sur les vitres de l'auto-patrouille. Il était vingt heures quinze. Abandonnant son équipe devant le périmètre, Surprenant fendit la foule des curieux et gagna sa Cherokee. La jeep avait gardé la trace du parfum de Maria. De son pouce, il composa le numéro de Majella Bourgeois.

# 8

# No man's land

Un matin de septembre 1969, quelques semaines après la mort de son père, pêcheur à l'Anse-à-la-Cabane, Majella Bourgeois avait obtenu, parmi huit candidates, le poste de standardiste à la Sûreté du Québec. Première de neuf enfants, elle avait préféré aller travailler plutôt que de garder ses frères et sœurs à la maison. Son salaire, additionné à ce que sa mère gagnait à l'usine, avait permis d'engager une bonne pour veiller aux soins de la smala.

La jeune femme, pour son malheur, avait hérité de son père un nez qui lui avait valu, dans le canton, d'être appelée «La Charrue». Elle espérait néanmoins trouver un mari. À trente ans, elle commença à soupçonner qu'aucun prétendant ne viendrait l'enlever dans la quiétude de son bureau ou de son salon. Elle tendit ses filets dans les bars et les salles de danse. En vain. Malgré ses qualités, ou à cause d'elles, les mâles la contournaient, comme repoussés par un champ magnétique. Sans complaisance, elle mesurait la cruauté de son destin. Son visage ingrat n'expliquait pas tout. Sa mère avait sa façon de décrire l'étrange no man's land dans lequel elle se trouvait : elle était à la fois trop et pas assez instruite. À l'Anse-à-la-Cabane, on la tenait pour une vieille fille hautaine qui se donnait des airs parce qu'elle travaillait avec des gens du continent. À Cap-aux-Meules, elle était un personnage anachronique, mal fagoté, piégé par son abnégation.

Les frères et sœurs grandirent et voguèrent vers d'autres cieux. La mère devint obèse, diabétique puis unijambiste. Sur une butte qui dominait l'anse et où sa mère se plaignait qu'il ne passait personne, Majella fit construire une petite maison moderne, de plain-pied, tout en fenêtres, dans laquelle elle pouvait s'adonner à ses trois passions : la cuisine, les casse-têtes et le taï chi.

Ce vendredi soir, après avoir largué sa mère au bingo, elle se dirigeait vers son cours hebdomadaire d'exercices orientaux quand les premières mesures de la *Petite Musique de nuit* s'échappèrent de son sac à main. Son portable, d'un rose pimpant, ne manquait pas d'intriguer son entourage : que diable fabriquait Majella Bourgeois avec un téléphone cellulaire ?

Surprenant le lui avait procuré, discrètement mais en suivant la filière administrative. Le prétexte était qu'on devait pouvoir la joindre en cas de crise dans le service. Dans les faits, la standardiste constituait une banque de données indispensable. Dotée d'une mémoire légendaire, informée des potins de l'archipel par sa mère qui passait le tiers de sa vie au téléphone, fine observatrice de la vie du service, elle enregistrait tout.

Sans ménagement, il lui apprit la découverte du cadavre de Rosalie Richard. Majella Bourgeois déclara que cela ne la surprenait pas *en toute**.

---

* Du tout.

— Cette fille-là avait le don de se mettre tout le monde à dos. J'en connais un qui ne doit pas se morfondre à l'heure où on se parle.

— Qui ?

— Albéni Thériault. Le second du *Cap-Noir*. Depuis qu'il est malade, Roméo va à peine sur son bateau. C'est Albéni qui mène. Il ne peut pas sentir Rosalie. Pensez ! À la mort de son père, elle doit hériter de son permis de crabe ! Une espèce de tête en l'air, tout le temps gelée, qui a jamais vu un chancre[*] ailleurs que dans une canisse !

— Son père m'a dit qu'elle sortait avec Julien Cormier. Le *pusher* de Havre-Aubert.

— D'après ce que je sais, ce n'est pas vraiment une histoire d'amour. C'est une relation d'affaires.

— Qu'est-ce que vous voulez dire ?

Majella Bourgeois hésita. Elle pénétrait dans une zone d'information plus délicate.

— C'est peut-être juste des palabres, mais y en a qui prétendent que le *Cap-Noir* sort, certains soirs, pour autre chose que du poisson.

Surprenant grogna. Ce n'était pas la première fois qu'on prêtait à des pêcheurs hauturiers un rôle dans le trafic de drogue. Contournant l'archipel par le nord, des milliers de cargos empruntaient le chenal laurentien pour gagner Sept-Îles, Montréal ou les Grands Lacs. Avec les systèmes de localisation par satellite, quoi de plus facile que d'aller repêcher, de nuit, quelques ballots attachés à une bouée ? On chuchotait que

---

[*] Crabe.

certaines fortunes s'étaient édifiées bien rapidement. Le marché local de la cocaïne était si florissant qu'il était peu probable que les revendeurs ne s'approvisionnent qu'auprès des motards de Montréal. Surprenant en avait glissé un mot aux gens de la GRC. Les fédéraux avaient qualifié le tout de légende et prétendu que les gros arrivages se faisaient sur la Côte-Nord, où le littoral était encore moins surveillé. Surprenant avait compris que ses confrères voulaient protéger leurs sources ou garder le crédit d'une éventuelle saisie.

— La petite avait-elle un autre amoureux ?

— Je ne sais pas. Je vais m'informer.

— Vous pourriez passer au bureau demain matin ? Disons, neuf heures.

— Du courrier urgent ?

— C'est ça. Le taï chi, ça va ?

— C'est bon pour le moral. C'est quand même effrayant cette histoire de meurtre.

Surprenant convint que oui, distraitement, et raccrocha.

# 9

# Gingras

Le poste baignait dans une quiétude reposante. Curieusement, le vendredi soir était calme. Les Madelinots semblaient s'être donné le mot pour ne pas déranger les policiers un jour de meurtre.

Surprenant appela Asselin et lui communiqua l'heure et le lieu d'arrivée de l'équipe de Rimouski.

— J'y serai, annonça Asselin.

— Vous savez, ce n'est pas absolument nécessaire.

— Surprenant, c'est moi qui décide de ce qui est nécessaire dans mon escouade!

Surprenant, amusé, s'inclina. À l'occasion, le lieutenant, à grands coups de gueule, tentait d'asseoir son autorité. Cela lui faisait du bien.

Il éteignit sa lampe, retira ses souliers et s'allongea sur la moquette. Il ne réfléchissait vraiment bien qu'en position couchée. Pour un sergent-détective, c'était plutôt fâcheux. Il aurait aimé doter son bureau d'un sofa, mais cela aurait pu susciter des commentaires malveillants. Il tenta de faire le vide et de préciser l'impression de déjà-vu qu'il avait ressentie près du cadavre. Évidemment, cela ne concernait pas un autre assassinat. L'impression, néanmoins, s'accompagnait d'un malaise s'apparentant à la culpabilité. S'agissait-il d'une autre affaire, sans lien apparent?

D'un détail du quotidien, enregistré fortuitement? D'une analogie avec un souvenir?

Il se détendit, se laissa couler en lui-même. Rien ne vint. L'information, vitale ou superflue, était stockée quelque part dans son cerveau. S'il la retrouvait, ce serait sous l'effet d'une coïncidence, ou encore dans les brefs états de clairvoyance qui précédaient ou suivaient son sommeil.

La sonnerie de son portable le fit sursauter. La Golf de Rosalie Richard flambait dans le stationnement de la Caverne.

Il s'y précipita, furieux, imaginant l'air de Gingras quand il apprendrait la chose. Aurait-il dû placer l'auto sous surveillance? Un élément lui avait-il échappé lors de sa visite du matin? Il n'avait pas procédé à une fouille en règle, mais à ce moment rien n'indiquait que Rosalie Richard ait été assassinée.

Malgré son gyrophare, Surprenant dut stationner à plus de cinquante mètres des lieux, le chemin principal se trouvant bloqué par un banc de curieux. Derrière le bar, il fut accueilli par une odeur d'essence et de caoutchouc brûlé. Le feu avait été maîtrisé. La Golf, fumante, était une perte totale. Le cigarillo entre deux molaires, l'extincteur à la main, Platon Longuépée jouissait du spectacle au milieu de ses habitués qui frissonnaient, en t-shirt et en chemise, après un cinq à sept bien arrosé.

— Tiens, André! Apparence que quelqu'un tenait à ce que tu fourres pas ton grand nez dans le char de Rosalie!

— Quelqu'un a vu quelque chose?

Platon observa un silence prudent. Aucun client ne s'avança. Rien d'étonnant. Éclairé par un seul lampadaire, coincé entre des édifices gouvernementaux désertés après dix-sept heures, le stationnement de la Caverne était un endroit discret, idéal pour la consommation et le petit commerce. À en juger par l'odeur, certains en profitaient aussi pour soulager leur vessie quand les toilettes étaient occupées.

Surprenant approcha de la carcasse. Le hayon était toujours verrouillé. La portière du conducteur, qu'il avait verrouillée le midi, jouait librement. L'habitacle était entièrement ravagé, ainsi que l'espace de rangement à l'arrière. Il n'y avait plus rien à tirer de cette ruine.

Surprenant appela McCann en renfort et se tourna vers le patron du bar.

— Qu'est-ce que tu en penses?

— L'auto de *Yosalie* contenait quelque chose de *compyomettant*, répondit Platon Longuépée en singeant l'accent de Havre-aux-Maisons.

— Ça, je le sais. Qui est en dessous de ça? Le jeune Cormier?

— *God knows!* Il ne vient plus chez moi. Je l'ai barré.

— Pourquoi?

— Il vend aux enfants. Que des adultes fument un joint ou s'envoient de la poudre, ça ne me dérange pas. Mais les mousses, tu touches pas à ça.

— Et Rosalie là-dedans?

— C'était une bonne fille. Un peu mêlée. Elle allait hériter de son père. Ça la gardait à part des autres.

Elle était prête à n'importe quoi pour se faire aimer.

Surprenant réfléchissait. L'incendiaire avait voulu récupérer un objet incriminant ou détruire des preuves. Il s'agissait probablement de quelqu'un qui connaissait bien Rosalie. Quel rapport cela avait-il avec le meurtre ? D'après la largeur des traces laissées sur les lieux du crime, l'auto qui semblait avoir servi à transporter Rosalie Richard n'était pas une Golf.

McCann et Tremblay arrivèrent en même temps que les pompiers volontaires. Bien qu'il doutât du résultat de la démarche, Surprenant leur demanda de rechercher des témoins et d'enregistrer des dépositions.

— Ensuite, mettez la main sur Mélanie Harvie et Stéphane Patton. Je veux savoir si quelqu'un s'est servi de la Golf hier soir.

Vingt et une heures cinquante. Il devait aller cueillir Gingras à l'héliport de l'hôpital.

La réputation de Denis Gingras au sein de la Sûreté tenait en trois mots : il était doué, dur et désagréable. Issu d'une famille défavorisée de la Petite-Bourgogne, il s'était fait remarquer dès son entrée dans la police par sa connaissance innée de la psychologie des truands. S'il avait parcouru des bouquins de criminologie, c'était seulement pour ne pas avoir l'air ignorant auprès de ses supérieurs. Une anecdote circulait : après lui avoir remis ses galons de lieutenant, le capitaine Montbourquette aurait déclaré : « Celui-là, on lui donne une promotion tous les trois ans. Je n'ai pas envie qu'il passe chez nos amis d'en face. »

Gingras descendit de l'hélicoptère. Au physique, c'était un homme grand, corpulent, aux cheveux gominés et au menton en galoche. Son équipe se composait d'un technicien de l'identité criminelle surchargé de matériel et d'un maître-chien. Gingras tendit à Surprenant une main étrangement molle et demanda à voir le corps.

La pluie se remit à tomber. Les hommes s'entassèrent dans la jeep. Le technicien se nommait Rosaire. Surprenant lui tendit le sac contenant les deux poils prélevés sur le cadavre. Le maître-chien et le berger allemand répondaient respectivement aux noms de Vic et d'Elvis. Pendant le court trajet qui les séparait du lieu du crime, le lieutenant-détective Denis Gingras ne posa qu'une seule question, à savoir quel temps il avait fait dans les quarante-huit dernières heures.

Au bout du chemin Boudreau, l'attente, le froid et le départ de la cantine mobile avaient éclairci les rangs des badauds. Geneviève Savoie avait relayé Godin devant le périmètre. Elle frissonnait. Surprenant lui fit signe d'approcher.

— Rentre chez toi et prends un bon bain. On en a pour une partie de la nuit, ici.

La jeune femme protesta. Elle n'était pas fatiguée. Ses garçons allaient mieux et étaient en sécurité avec leur gardienne.

— Geneviève… J'aurai besoin de toi demain. En forme.

Elle capitula. Surprenant n'avait pas envie de se retrouver avec une malade sur les bras.

Gingras, entre-temps, s'était immobilisé en face du cadavre, menton levé, comme un setter. Il l'examina pendant plus de dix minutes, tout en triturant un bigorneau dans sa main velue. Il marmonna quelques recommandations à Rosaire qui déballait son matériel, se pencha en compagnie de Vic et de Surprenant sur les empreintes de pas, puis demanda où il pouvait manger de la pizza.

Une heure plus tard, dans la salle de réunion à l'arrière du poste, après une pepperoni fromage qu'il avait trouvée ordinaire mais qu'il avait dévorée jusqu'à la dernière croûte, Gingras se curait les dents avec un paquet d'allumettes. Il avait écouté le rapport de Surprenant avec attention.

— Et maintenant, sergent, comment orienterais-tu l'enquête ?

Surprenant éprouva la désagréable impression d'être assimilé à l'un des stagiaires que Gingras accueillait dans son service.

— Je fouillerais la vie de la fille. Ses fréquentations, ses intérêts, ses habitudes. J'ai l'impression que le meurtrier était une de ses connaissances.

— Pourquoi ?

— À cause de l'incendie de sa voiture. À cause de sa sortie dans le stationnement de la Caverne, seule, à deux heures du matin. Comme si elle avait rendez-vous avec quelqu'un.

— Tu es à côté de la *track*, Surprenant ! Une jeune fille nue est découverte morte dans une position bizarre, dans un endroit peu retiré. Elle a été violée et tuée avec une certaine sauvagerie. On l'a décorée avec des coquillages. L'assassin a pris peu de précautions. C'est un crime de psychopathe, pas très subtil à part ça.

— Vous avez peut-être raison, dit Surprenant, qui n'en croyait rien.

— Les Îles-de-la-Madeleine, c'est petit, c'est tricoté serré. C'est pas un endroit où un psychopathe peut se cacher longtemps.

Le percolateur de Majella salua l'énoncé du Montréalais de quelques gargouillements. Surprenant se leva et servit deux cafés. Gingras le toisait d'un air suffisant. Bien qu'antipathique, il dégageait une indéniable force de persuasion. Surprenant comprit qu'il lui serait difficile de faire valoir son point de vue dans les jours qui suivraient. Deux voies s'offraient à lui : se soumettre ou s'opposer. Se rebeller ouvertement serait suicidaire. Il aurait à mener une joute subtile : feindre de collaborer tout en menant sa propre enquête.

— Tu ne dis rien, Surprenant ?

— Je réfléchis. Si je comprends bien, vous pensez qu'il ne s'agit que de trouver le fêlé à qui appartiennent les deux poils qu'on a découverts sur le corps ?

— Tu es un génie. Les analyses d'ADN, ça ne ment pas. Rendez-vous ici demain, huit heures. Tout le monde. Maintenant, peux-tu me dire où je dors ?

# 10

# L'Échouerie

Surprenant mit une voiture à la disposition de Gingras et lui indiqua la direction de l'auberge Madeli. Il était près de minuit. La pluie avait cessé. Il ne se sentait aucune envie de dormir. Il quitta le poste et prit le chemin du Gros-Cap. Devant sa maison, il s'immobilisa sur l'accotement. Toutes les fenêtres de la façade étaient allumées. Il abaissa la vitre de sa portière. Avec une bouffée d'air salin lui parvint la voix nasillarde de John Lennon. *Living is easy with eyes closed misunderstanding all you see…* Félix avait profité de son absence pour inviter quelques amis. De temps en temps, ils s'adonnaient à des sauteries rétro. Sa platine et ses vinyles leur semblaient particulièrement *cool*.

Surprenant pensa que Rosalie Richard avait à peine trois ans de plus que son fils. Il appela Brault, qui gardait la scène de crime.

— Les techniciens ont fini ?

— Pour le corps, c'est terminé. Pour le reste, ils en ont encore pour un bon moment.

— Les croque-morts sont sur place ?

— Oui.

— Tu leur as fourni les instructions ?

— Ils emportent le corps au salon et n'y touchent pas avant l'avion du matin.

— Parfait. Je vais convoquer le père pour l'identification. McCann ira te remplacer à trois heures.

Surprenant composa le numéro de Roméo Richard. Une femme à la voix rauque mais agréable répondit. Le maire prit l'appel d'un autre appareil. Il serait au salon funéraire dans quinze minutes.

— J'ai quelque chose à vous demander, monsieur Richard. C'est un peu délicat. Pourriez-vous apporter des vêtements de votre fille ? Ça pourrait être utile, pour le chien.

Campé sur le chemin principal, commodément situé à mi-chemin entre l'hôpital et le centre commercial, le salon funéraire était une grande bâtisse ornée de colonnes, disposant de tout le confort moderne. Euclide Cyr, le thanatologue en chef, un sexagénaire aux traits poupins, accueillit Surprenant avec un flegme professionnel.

— Le père va venir identifier la jeune fille, sans doute. Il me semble que nous devrions la sortir de son sac…

— Déposez-la sur une table et recouvrez-la.

— C'est ce que je pensais. Je reviens.

Surprenant resta seul au rez-de-chaussée. Deux patriarches étaient en montre, flanqués de couronnes qui répandaient des parfums doucereux. Curieusement, il aimait l'atmosphère des salons funéraires. Ces lieux feutrés, où l'on respirait déjà un peu l'au-delà, avaient été associés, dans son enfance, à de mémorables réunions de famille.

La Lincoln de Roméo Richard s'immobilisa dans le stationnement. Dans la lumière jaunâtre des lampadaires, Surprenant distingua, au volant, la silhouette d'une femme.

Le maire de Havre-aux-Maisons, voûté, fit son entrée. Il sentait l'alcool et portait sous le bras un sac d'épicerie.

— Elle est où, qu'on en finisse?

Le croque-mort réapparut, aussi silencieux qu'une ombre. Il les conduisit au sous-sol, devant une porte nickelée qui évoquait une salle d'opération.

— Je vous laisse.

D'une pâleur spectrale, Roméo Richard posa sa main sur la porte.

— Désirez-vous que je vous accompagne? murmura Surprenant qui craignait de le voir défaillir.

— C'est comme vous voulez.

Le pêcheur poussa le battant d'une main ferme. Le corps reposait sur une table d'acier inoxydable, au milieu d'une vaste pièce qui empestait le désinfectant. Sur le mur du fond, au-dessus d'un comptoir et d'un évier étincelants, étaient accrochés une série d'instruments. D'un pas décidé, Roméo Richard marcha jusqu'à la table et s'immobilisa. De toute évidence, il avait résolu de surmonter l'épreuve en affichant la plus totale impassibilité. Il souleva le drap. Le visage de la jeune fille apparut, lisse, d'une blancheur d'albâtre. Malgré sa détermination, le père émit un gémissement discret, étouffé, qui ressemblait au souffle lointain d'une explosion. Une mèche de cheveux retombait sur le front de Rosalie. De sa main calleuse, il la remit en place. Il remonta le drap, soigneusement, écarta Surprenant d'un bras ferme et quitta la pièce.

Le policier le rattrapa alors qu'il sortait du salon.

— Monsieur Richard !

— Qu'est-ce que vous voulez !

Surprenant montra le sac qu'il tenait toujours sous le bras. Le pêcheur le lui tendit, violemment. Puis, le visage convulsé, il cracha :

— Je te le dis une dernière fois, sergent. Trouve ce gars-là avant moi. Sinon je le tue. Je vais mourir d'ici deux ans. Je n'ai rien à perdre.

Courbé contre le vent, il marcha jusqu'à sa voiture. Surprenant distingua mieux sa compagne. Il s'agissait d'une femme de grande taille, dans la quarantaine, portant de longs cheveux noirs. Il eut l'impression qu'elle lui adressa, avant de disparaître dans la nuit, un sourire de défi.

Le sac contenait un jean et un t-shirt à l'effigie d'un groupe qu'il ne connaissait pas. Surprenant reprit la route, le cœur étreint par une étrange angoisse, et tourna sur le chemin du Gros-Cap. Par une fenêtre du poste, il entrevit la silhouette de Marchessault. Le Vieux trompait sa solitude en traînant après ses heures de travail. Surprenant avait envie d'être seul. Il passa devant sa maison dont quelques fenêtres s'étaient éteintes. À la première courbe, il laissa la route et emprunta un chemin semé d'ornières. Au bout de trente mètres, il immobilisa la Cherokee, capot en l'air, au sommet d'un buttereau.

Son téléphone sonna. McCann avait retrouvé la jeune Harvie. Elle se montrait catégorique : la Golf de Rosalie Richard était exactement à l'endroit où elle l'avait stationnée la veille.

— Ça ne me surprend pas du tout, dit Surprenant. Qu'est-ce qu'elle pense de l'incendie ?

— Néant total. Je n'ai rien pu en tirer. Elle est complètement sonnée par les événements.

Surprenant raccrocha et descendit de son véhicule. Le vent d'est rabattit sa portière avec un claquement mat. Au milieu du fracas des vagues, il percevait le roulement des galets sur la grève. Devant lui, le chemin se transformait en un sentier parsemé d'herbe et de foin de dune. Plus loin, le cap de l'Échouerie s'affaissait, se fragmentait en de longs rochers roux qui s'avançaient vers le large. Les premiers Madelinots y avaient abattu des morses. Il s'engagea sur le grès humide, sauta sur un promontoire d'où il domina la tourmente. Les vagues s'éventraient sur les roches, s'infiltraient dans les interstices, léchaient les grottes avec des halètements de bêtes sauvages.

Surprenant s'agenouilla, aspergé par les embruns. Il était venu sur ce cap pour délayer le souvenir du visage terrifié de Rosalie Richard. Le meurtre de la jeune fille dépassait, par sa cruauté et sa violence, tout ce dont il avait été témoin dans sa carrière. Devant un tel étalage de haine, ses mécanismes de défense étaient mis à rude épreuve. Il se sentait à la fois fragile, furieux et coupable.

Coupable de quoi ? Son sentiment était absurde. Il pensa à sa conversation avec Bernard Samoisette. « Qui veux-tu venger ? » Quand il avait neuf ans, son père avait disparu, un soir de septembre 1970. Maurice Surprenant, trente-trois ans, livreur pour l'agence locale de la brasserie O'Keefe, avait abandonné son camion, portière ouverte, moteur en marche, dans une rue tranquille de Saint-Jean. Avait-il été assailli ou enlevé ? Avait-il choisi de se fondre dans la nature ? La proximité du terminus d'autobus Provincial laissait songeur.

Deux policiers vêtus de longs manteaux étaient venus à la maison. Pendant plus d'une heure, ils avaient questionné Nicole Goyette. Tapi derrière la porte de sa chambre, le jeune André avait saisi des bribes de conversation. Votre mari avait-il des dettes ? Fréquentait-il d'autres femmes ? Envisageait-il de vous quitter ? À toutes ces questions, Nicole Goyette, les yeux rougis par les larmes, répondait non. Il était impossible que son beau Maurice l'ait abandonnée avec ses deux enfants. La courtoisie des policiers cachait mal leur scepticisme. Ils connaissaient la réputation de coureur du disparu. S'ils n'osaient l'avouer, la désertion leur paraissait plus probable que l'assassinat.

Quand les policiers étaient partis, André avait repris espoir. Ces hommes aux longs manteaux allaient lui ramener son père. Les jours, les semaines s'étaient écoulés. Les inspecteurs étaient revenus. Ils ne possédaient aucune piste. Maurice Surprenant, livreur de bière, s'était volatilisé.

Murée dans sa dignité, Nicole Goyette prétendrait toute sa vie que son homme avait été tué par la pègre à la suite d'une méprise.

Son fils, à l'étonnement général, choisirait après avoir fini son secondaire à Brébeuf d'entreprendre un D.E.C. en techniques policières.

Devant Surprenant, par-delà la masse sombre du

Gros-Cap et les lumières de Havre-Aubert, la lune veillait au milieu des nuages. Sous cet éclairage laiteux, la mer dansait une bacchanale sinistre. Surprenant pensa que les policiers étaient les prêtres d'un monde sans avenir et sans dieux. À la justice éternelle, ils tentaient d'en suppléer une autre, immédiate, tangible. Aussi illusoire qu'elle puisse paraître, cette quête était la sienne.

Il passa en revue les détails de la scène du chemin Boudreau, le corps nu de la jeune fille, les coquillages répandus sur son ventre, ses mains liées derrière le dos, sa nuque brisée, son attitude de suppliciée. Il s'aperçut qu'il pouvait commencer à mettre des mots sur l'impression qu'il avait ressentie sur les lieux du crime.

Le cadavre de Rosalie Richard n'avait pas été abandonné dans ce lieu de façon fortuite. Psychopathe ou non, le meurtrier s'était livré à une mise en scène.

# 11

# Fantômes

Quand Surprenant rentra, il trouva son fils et son ami Kevin en train d'effacer des traces de nachos sur le tapis persan de Maria. Une caisse de bière vide était dissimulée dans le placard de la salle à manger. Bien que le ventilateur de la cuisinière soit toujours en marche, il flottait une subtile odeur de pot.

— Vous vous êtes bien amusés ?

— Ouais…

Surprenant se versa une robuste portion de scotch. Le voisinage de son fils et la vue de ses vieux trente-trois tours le rendaient nostalgique. Il mit un Coltrane, s'affala dans un canapé et se laissa envahir par la voix chaude du saxophone.

Il s'endormit facilement, mais se réveilla à quatre heures en proie à un violent mal de tête. Il avala trois anal-gésiques, se recoucha. À cinq heures, il comprit qu'il ne dormirait plus. Il passa sous la douche, avala deux cafés, écouta un peu de Bach et retourna sur le lieu du crime.

Le chemin Boudreau était désert, si ce n'était de McCann qui dormait dans sa voiture.

— Les techniciens t'ont demandé de rester ?

— Ils vont revenir ce matin. Ils ont besoin de la lumière du jour pour les empreintes.

Bâillant et frissonnant, McCann s'extirpa de son siège et se dégourdit les jambes.

— Je me pose une question, sergent. Pourquoi le meurtrier a-t-il déposé le corps ici, près d'un hôpital, d'un cimetière et d'une piste cyclable ? Aux Îles, il y a mille endroits plus discrets pour se débarrasser d'un cadavre.

— Pourquoi tiens-tu pour acquis que le meurtre a eu lieu ailleurs ?

— Les traces de pas. Il a *porté* la fille. Elle était morte ou inconsciente. Pour moi, elle était morte.

Une lueur rose grandissait à l'horizon. Le vent soufflait toujours de l'est.

— Nous sommes à un kilomètre de la Caverne, répondit Surprenant après un moment de réflexion. Le gars est venu ici parce qu'il cherchait un endroit tranquille pour violer la fille. Ou parce qu'il ne tenait pas à se balader trop longtemps avec un cadavre dans sa boîte de camion.

— Pourquoi n'a-t-il pas balancé le corps en bas du cap ? Il l'a laissé là, dans un lieu relativement fréquenté, comme s'il voulait qu'il soit découvert au plus vite.

Les deux hommes se regardèrent. McCann avait raison. Le meurtre avait un côté bâclé, irrationnel. Sous d'autres aspects, notamment en ce qui concernait l'usage de la corde, du ruban adhésif et l'étalage des coquillages, il supposait un certain degré de planification.

André Surprenant retourna au poste. Marchessault était déjà sur les lieux. Le dos courbé, un gobelet de café à sa gauche, le col de chemise de travers, il interrogeait un ordinateur d'un index mal assuré.

— Qu'est-ce que tu fabriques? s'enquit Surprenant.

— Je me suis inscrit à un site de rencontre. J'ai reçu un message d'une dénommée «Trésor37». Sans blague, je fouille du côté de la famille Richard.

Surprenant haussa les épaules et s'enferma dans son bureau. Il était six heures vingt. Il appela Majella et lui demanda si elle pouvait être au poste à sept heures. La standardiste acquiesça avec une rigueur militaire. Surprenant se sentit soulagé. Il ne tenait pas à ce que Gingras sache que sa principale source de renseignements était une vieille fille en mal d'émotion.

Il prit sa tablette de papier quadrillé. Il entretenait envers cet article une dépendance inavouable. Petites cases, lignes qui se croisent à angle droit… En vieillissant, il devenait sujet aux manies. Il nota minutieusement ce qu'il savait du meurtre, traça des ronds, des flèches, des diagrammes. À la fin, il écrivit cinq lignes:

1. *Me distancer de Gingras.*
2. *Garder Geneviève avec moi.*
3. *Vingt minutes entre l'arrivée et le départ de l'auto?*
4. *Pourquoi tant de bruit en partant?*
5. *Impression de déjà-vu?*

Majella Bourgeois débarqua de sa Hyundai et se précipita dans le poste de police en consultant sa montre-bracelet. Sept heures deux minutes, elle était en retard. Elle salua Marchessault et Cayouette, qui la regardèrent passer avec des yeux étonnés, et cogna à la porte du bureau de Surprenant. Il lui cria d'entrer.

Elle découvrit le sergent couché sur le tapis, les yeux clos, la cravate sous l'aisselle.

— Vous ne vous sentez pas bien ? demanda-t-elle.

Surprenant se leva précipitamment.

— Je... réfléchissais. Autant vous le dire, j'ai un vilain défaut : je ne pense clairement qu'en position couchée.

— Vu que c'est samedi matin et que je ne suis pas de service, je vais vous confier une chose : vous êtes tout le contraire des hommes que j'ai connus.

Surprenant songea qu'il tenait l'occasion rêvée de sonder Majella sur l'opportunité d'acquérir un sofa. Il avait cependant d'autres chats à fouetter. Il s'assit derrière son bureau et invita la standardiste à prendre place dans l'un des inconfortables fauteuils qu'il réservait à ses invités.

— Ce n'est pas de refus. Je n'ai pas fermé l'œil de la nuit. La surprise passée, la mort de cette petite m'a chavirée. Partout dans les commerces, dans les bars, dans les maisons, les gens sont bouleversés. Vous ne pouvez pas comprendre ça, vous, les gens de la ville. Aux Îles, le meurtre, ça n'existe pas.

— Si je ne m'abuse, il y a eu un assassinat à l'Île d'Entrée en 1986 ?

— C'était il y a quinze ans. En plus, ça s'est passé chez les Anglais...

Surprenant réfléchit. L'indignation des Madelinots provoquerait peut-être des dénonciations. Si l'enquête piétinait, il serait sans doute utile de lancer un appel à la population.

— Avez-vous pensé à notre conversation d'hier ?

— Je me suis renseignée. Récemment, la petite Rosalie a semblé changer de mouillage.

Surprenant haussa le sourcil, en quête de la traduction.

— Elle avait un nouveau prétendant. Elle s'est mise à fréquenter un hurluberlu qui vit sur la Grave. Il s'appelle Jacques Flaherty. C'est un *descendant*.

Dans la trame sociale des Îles, les descendants formaient une classe bien particulière, entre les insulaires de souche et les gens d'en dehors. Madelinots par le lignage, nés et élevés parmi la diaspora du continent, il leur arrivait de poser sur leurs cousins des regards condescendants.

Au fil de quelques considérations généalogiques, Surprenant comprit que Jacques Flaherty n'était pas un descendant banal. Célibataire, seul rejeton mâle d'une famille irlandaise poursuivie par ce qui avait l'air d'une malédiction, il était le dernier de sa lignée. En cette qualité, il avait acheté, l'été précédent, la maison de son grand-père, lui-même fils d'un orphelin recueilli pendant la famine des patates.

— Maison, c'est un grand mot, précisa Majella Bourgeois. Une cambuse en bardeaux, les fenêtres cassées, qui tient par la tapisserie ! Le gars a entrepris de la retaper. Il doit gagner une espèce de salaire, il enseigne au cégep. C'est là que Rosalie l'a rencontré. Il a dû lui faire le coup de l'écrivain.

— Le coup de l'écrivain ?

— Il écrit des livres. De la poésie. Il y en a qui ne jureraient pas qu'il soit aux femmes.

Surprenant nota le nom du poète. Majella Bourgeois se tenait coite, dans une attitude coupable, comme si elle craignait d'en avoir trop dit.

— Qu'est-ce que vous savez de Roméo Richard?

— D'abord, il a une maîtresse, Évangéline Arseneau. Les gens l'appellent la Grande Évangéline. Elle est infirmière à l'hôpital, divorcée, mère de deux flancs-mous qui l'ont ruinée. Roméo la voyait même quand sa femme était en vie. Des saucettes en ville, une auto de l'année, tout le tralala.

— L'épouse ne disait rien?

— Thérèse à Procule? C'était une sainte femme. Elle faisait semblant de ne rien voir. Pas étonnant que le cancer l'ait grugée.

— Roméo vaut combien?

— Roméo était en avant de sa bouée* à trente ans. Aujourd'hui, il est millionnaire. Dans le moins des moins.

— Vous m'avez dit qu'il était gravement malade?

— Leucémie. Ma belle-sœur, qui travaille aux archives de l'hôpital, me l'a confirmé.

— Qui va hériter?

— C'est ce que tout le monde se demande. Il n'a plus d'enfants. Il est en chicane avec ses frères et sœurs. La Grande Évangéline peut aussi bien empocher le magot!

— Et Albéni Thériault?

— Albéni vise le bateau et le permis de crabe. C'est un vieux garçon, né dans une famille pauvre de la

---

* *Être en avant de sa bouée* : être bien nanti financièrement.

Dune-du-Sud. Roméo l'a engagé comme aide-pêcheur à quinze ans. Depuis, il a toujours été son homme de confiance. Il est retourné aux études pour passer ses papiers de capitaine. Tout ce qu'il attend, c'est que Roméo lui fasse signe.

— Il ne devait pas être enchanté à l'idée de travailler pour Rosalie.

— À la rigueur, il aurait accepté d'être le second du fils. De la fille ? *Never !*

Majella se tut et posa sur Surprenant un regard où affleurait une pointe d'envie. Albéni Thériault pouvait, contrairement à elle, échapper à sa condition de sous-fifre. Un permis de pêche aux crabes et il devenait capitaine. Elle se voyait finir ses jours derrière son poste téléphonique, se repaissant de racontars comme un goéland de charogne, sans même un enfant sur qui projeter ses ambitions.

Surprenant restait songeur.

— Je peux avoir confiance en vous, Majella ?

— Vous n'avez pas besoin de poser la question.

— Je vais vous révéler une information qui ne doit pas circuler dans la population. Sur le corps de Rosalie, on a retrouvé des coquillages. Aux Îles, est-ce qu'il y a un fou qui traîne sur les plages et qui ramasse des coquillages ?

La vieille fille écarquillait les yeux.

— Pour faire de pareilles niaiseries, je vois juste un touriste. Je peux m'informer, si vous voulez.

— Surtout pas. Ça demeure entre nous.

Sept heures et demie. Surprenant mit fin à l'entretien en suggérant à la standardiste de glaner des renseignements, toujours discrètement, au sujet de Julien Cormier.

— Le *pusher* du Havre[*] ? Vous devez bien avoir un catalogue à son sujet, depuis le temps !

— Vous savez ce que je veux dire, Majella.

On frappa à la porte. Marchessault apparut, tout ébahi d'avoir tiré quelque chose de l'ordinateur.

— J'ai découvert un truc rigolo au sujet de la mort du fils de Roméo Richard.

— Raconte.

— Réjean Richard a capoté en auto près du pont du Détroit le soir du 4 novembre 1996, alors qu'il se rendait chez un ami à Pointe-aux-Loups. Il était seul dans le véhicule. L'autopsie a montré qu'il avait une alcoolémie de 0,16.

— Jusqu'ici, rien de bien extraordinaire, maugréa Surprenant en étouffant un bâillement.

— Attends une minute. Les analyses montraient aussi qu'il avait avalé une dose mortelle de digitale. Un médicament pour le cœur que prenait sa mère. Ce qui est bizarre, c'est qu'on a trouvé une seule série d'empreintes sur le flacon.

— Celles du mort ? demanda Surprenant.

— En plein ça. Le jeune était pas mal instable. L'affaire a été classée comme une mort accidentelle, sans autre mention.

Surprenant fit claquer sa langue. Il était vraiment dangereux d'être l'enfant du maire de Havre-aux-Maisons.

---

[*] Aux Îles, Havre-Aubert est couramment appelé « Le Havre ».

— Ce qui est étonnant, c'est que l'affaire ne se soit pas ébruitée, observa Majella.

— Avec qui Réjean Richard a-t-il pris sa dernière brosse ? demanda Surprenant.

— Le gars portait un drôle de nom. Albéni Thériault.

# 12

# Ouverture de la chasse

Comme prévu, la réunion eut lieu à huit heures, en présence de toute l'escouade. Le lieutenant Asselin, le teint grisâtre, semblait émerger d'une nuit blanche. Le lieutenant-détective Denis Gingras accueillit les découvertes de Marchessault au sujet de la mort de Réjean Richard avec l'enthousiasme d'un anaconda. Sans qu'il prît la peine de l'exprimer, son opinion était claire : c'était là une vieille histoire, pire, une enquête bâclée, qui ne devait en rien modifier sa conception de l'affaire qui l'occupait, à savoir le meurtre par strangulation de Rosalie Richard, dix-neuf ans, survenu le vendredi 19 octobre 2001 dans le district judiciaire de Gaspé.

André Surprenant observa que son confrère du continent, tout célèbre qu'il fût, accordait les faits à son hypothèse plutôt que le contraire. En apparence, il s'agissait d'une erreur grossière. L'expérience ou le génie lui faisaient-ils entrevoir d'emblée la solution de l'affaire ? Les grands limiers, c'était notoire, se fiaient à leur flair. L'intuition n'était peut-être que la capacité d'intégrer rapidement des masses d'information.

Rosaire, Vic et Elvis terminaient leur travail sur le lieu du crime. Alain McCann, toujours frissonnant, buvait son éternel bouillon de poulet. Debout devant la fenêtre, dans une position qui forçait ses interlocuteurs à plisser les yeux, Denis Gingras, le menton rasé de frais, prit connaissance de l'ensemble de l'information recueillie et écouta l'avis de chacun.

Il se livra ensuite à un exposé bref, mais percutant, dans lequel il reprit ses hypothèses de la nuit. Apparemment, Rosalie Richard avait été assassinée par un maniaque. Les Îles constituaient un milieu rural isolé. Les criminels y étaient rares. Il fallait donc éplucher la population à la recherche de tout ce qui pouvait ressembler à un psychopathe.

— Bien sûr, nous procéderons à une enquête classique. Nous interrogerons les gens de Cap-aux-Meules, nous rencontrerons les contacts de la jeune fille, nous fouillerons son passé, etc. Nous devons cependant garder en tête que nous recherchons un individu particulier. Il s'agit très probablement d'un homme. D'après les empreintes, il porte au moins du douze. De plus, nous possédons de lui des échantillons qui permettront de déterminer son ADN. Je pourrais ajouter, d'accord avec l'agent Savoie, que ce monsieur n'est ni très prudent ni très brillant.

Surprenant, qui tentait de se confondre avec le mur, nota avec soulagement que la morgue de Gingras avait irrité tout son monde, à l'exception du lieutenant Asselin qui le fixait comme s'il était Poirot en personne.

— Lequel d'entre vous est le plus à l'aise avec l'informatique ?

Tremblay leva la main.

— Dresse un relevé de tous les meurtriers des vingt

dernières années au Québec. Croise-le avec les données du dernier recensement aux Îles. C'est grossier, mais parfois ça marche.

Un silence suivit. Les agents piaffaient. Ils étaient impliqués dans la résolution d'un crime majeur et avaient hâte de se mettre en chasse.

— Pour ma part, je travaillerai seul. C'est ma façon de procéder.

Gingras pointa son menton vers Surprenant, semblant soudain se rappeler son existence.

— Pour le reste, votre sergent vous donnera vos affectations. Rendez-vous ici à dix-sept heures. J'ai insisté auprès des gens de Montréal pour que cette affaire soit traitée en priorité. Si tout se déroule comme prévu, nous aurons reçu les résultats de l'autopsie. Une dernière chose : je veux que vous me communiquiez sur-le-champ tout élément important.

Quand Gingras eut quitté la salle de réunion, le lieutenant Asselin crut de son devoir de s'adresser à ses troupes. Raide comme un javelot, il prononça un laïus alambiqué, dans lequel les mots circonspection et rigueur revenaient à intervalles réguliers. À la fin, dans un silence que seuls le déchirement du verre de Marchessault et les reniflements de McCann venaient troubler, il demanda si quelqu'un avait des questions. Personne ne crut bon de dissiper le malaise ambiant. Les tempes et les mains moites, Asselin s'esquiva, après un « Bonne chance ! » qui ressemblait à un reproche.

Surprenant sentit le regard des agents se tourner vers lui. Pour la première fois, il réalisa qu'il exerçait sur eux un certain ascendant. C'était une sensation à la fois angoissante et agréable, d'autant plus mystérieuse qu'il n'avait aucune expérience dans les affaires de meurtre. Peut-être brûlaient-ils comme lui du désir de faire payer à Gingras son arrogance ?

Il distribua les tâches. Brault et Barsalou passeraient les environs de la Caverne au peigne fin.

— Fouillez partout. Interrogez les voisins, surtout ceux qui ont une vue sur le stationnement. Organisez une reconstitution. Servez-vous de la radio communautaire, au besoin. Je suis certain que Platon sera enchanté.

Marchessault et Cayouette frapperaient à la porte des maisons situées entre le bar et le chemin Boudreau. Tremblay effectuerait la recherche demandée par Gingras. McCann et Godin patrouilleraient et resteraient en réserve. Geneviève Savoie viendrait avec lui interroger les amies de la victime.

Mathieu Barsalou, qui entretenait une réputation de tombeur, émit un toussotement perfide. Selon la rumeur, il avait tenté sans succès d'approcher sa collègue après qu'elle eut divorcé.

— Quelque chose à dire, Barsalou ?

— Moi ? Rien du tout.

Fils de famille élevé dans une villa de Bromont, Barsalou n'était pas venimeux. Il pouvait néanmoins se montrer désagréable. Surprenant eut envie de le remettre à sa place en révélant les deux raisons pour lesquelles il voulait enquêter avec Geneviève Savoie : elle était la plus brillante du groupe et proposait, en tant que femme, un point de vue différent des autres.

Il se tut. Son irritation était telle qu'il soupçonna qu'il existait peut-être une troisième raison. Sans chercher à masquer sa mauvaise humeur, il signala par son départ l'ouverture de la chasse.

# 13

# Mélanie Harvie

Geneviève Savoie affichait ce matin-là une meilleure mine.

— Les enfants vont mieux ? demanda Surprenant.

— Le samedi, ils ne sont jamais malades. Pourquoi t'inquiètes-tu toujours de mes enfants ? McCann en a trois et je gage que tu ne sais même pas si ce sont des garçons ou des filles.

— Qu'est-ce que tu en sais ?

Geneviève Savoie n'était pas femme à laisser traîner des sous-entendus, spécialement en ce qui concernait ses relations de travail. Elle n'ignorait pas ce que recouvraient les attentions de son supérieur : elle l'attirait sexuellement. Depuis le départ de son mari, Surprenant s'était arrogé un rôle de conjoint virtuel. Il s'informait de la santé de ses enfants, de leurs performances sportives et scolaires, se permettait de lui signaler qu'il était temps de poser ses châssis doubles ou de réparer sa boîte à ordures, laquelle, effectivement, était trouée et envahie par les rats.

— Un bon sergent doit être proche de ses agents, glissa Surprenant.

Son ton relevait du tour de force : ni paternaliste, ni ironique, ni cauteleux, il exprimait un sincère intérêt. Geneviève Savoie se tut. Surprenant la tenait. Si elle se montrait plus explicite quant à ses prétendues avances, il n'aurait qu'à tout nier et c'est elle qui aurait l'air de projeter son désir. Elle en rougirait jusqu'aux oreilles.

Surprenant conduisait, la main mollement appuyée sur le volant. Aucune onde ne semblait rider la surface étale de sa bonne conscience.

— Où allons-nous ? demanda-t-elle pour changer de sujet.

— Chez Mélanie Harvie. Quand on veut connaître une adolescente, il faut interroger ses amis, pas ses parents.

— Rosalie n'était plus une adolescente.

— Ce n'est pas certain.

Le vent d'est mollissait. L'archipel languissait sous une gangue de nuages compacts, d'où tombaient par intermittence des paquets de pluie froide. En ce samedi matin, la vie paraissait s'être retirée de Cap-aux-Meules : les trottoirs et les stationnements des commerces étaient presque déserts. Majella Bourgeois avait raison : les Madelinots portaient le deuil de leur innocence perdue.

Ils laissèrent le port à leur droite et empruntèrent le chemin du Marconi. Du sommet d'une butte, ils découvrirent le Grand-Ruisseau. Éparpillées dans des vallons hérissés d'îlots de conifères, des maisons colorées perçaient la grisaille du matin d'automne. Au loin, derrière la brume qui recouvrait le Cap-Vert et la lagune de Havre-aux-Maisons, se devinaient les dunes de la plage de Fatima.

Mélanie Harvie habitait, chemin Poirier, un bungalow propret, protégé du nordet par une rangée de saules adultes. La mère, les joues rebondies sous des cheveux polychromes, les accueillit avec réticence.

— Vous venez *encore* pour Mélanie ! Après l'appel de vos constables, la pauvre s'est endormie aux petites heures.

Elle les conduisit quand même au salon. Sur un rectangle de verre hideux, un blanchon empaillé demandait grâce. Mélanie Harvie apparut deux minutes plus tard, en robe de chambre. Les cheveux d'un noir qui jurait avec son teint de blonde, la narine et le lobe traversés de divers objets métalliques, les traits brouillés par la peur, elle semblait se remettre d'un *rave* de quarante-huit heures. La mère prit place à ses côtés, autant pour satisfaire sa curiosité que pour s'assurer que les policiers ne perturberaient pas sa cadette.

Surprenant fit les présentations, ne manquant pas d'insister sur son grade de sergent et sa fonction de détective.

— Tu sais que nous avons affaire à un meurtre. Nous avons besoin de tout connaître de la soirée de jeudi. Même les détails qui te paraîtraient insignifiants.

Méthodiquement, il arracha à la jeune fille le récit des événements de l'avant-veille. Rosalie était arrivée à vingt-deux heures quinze à bord de sa Golf. Elles étaient seules à la maison. Elles avaient fumé un joint au sous-sol, en écoutant de la musique (soupir de la mère). À vingt-trois heures, elles s'étaient rendues à la Caverne, où elles avaient retrouvé Stéphane Patton. Après diverses circonlocutions, il apparut que ce dernier était, au moins à temps partiel, l'ami en titre de la jeune Mélanie. Non, elle n'avait rien remarqué de spécial dans le comportement de Rosalie. Elle lui avait paru de très bonne humeur.

— Qu'est-ce que tu veux dire ? intervint Geneviève Savoie.

— J'sais pas… Elle était plus gaie que d'habitude.

— Ça, c'est quelque chose de spécial, observa Surprenant. Essaie de te rappeler ce qui t'a fait penser qu'elle était de bonne humeur.

Mélanie Harvie tortilla ses cheveux de son index.

— J'sais pas… Dans l'auto, elle riait, elle chantait. À un moment donné, elle a mis un CD et elle m'a dit : « Écoute bien ça. » Ça m'a frappée.

— Tu te souviens de la chanson ?

— J'sais pas… Ah oui ! C'était une chanson cajun, sur un disque de Suroît. « *Qui c'est qui a coupé la liane ?* » Quelque chose comme ça.

Surprenant nota le tout et poursuivit :

— À ton avis, pourquoi Rosalie est-elle sortie du bar, cette nuit-là ?

— J'y pense tout le temps… Il faisait plutôt froid. Si elle avait voulu aller fumer, elle nous aurait invités et nous nous serions installés dans son auto. Je pense qu'elle est allée rencontrer quelqu'un et que ça a mal tourné.

— Qui ?

Mélanie Harvie leva vers sa mère des yeux suppliants. Surprenant songea au phoque qui trônait au milieu de la pièce. L'interrogatoire et la chasse tenaient du même principe : il fallait traquer la vérité, la circonvenir, puis, d'une question massue, l'arracher.

— J'sais pas… Le premier à qui j'ai pensé, c'est

Julien Cormier. Elle l'avait quitté et il ne le prenait pas.

— C'est un gars violent?

— Sur la coke, un gars peut faire des niaiseries.

— Tu connais Jacques Flaherty?

— C'est son prof de français. Il supervise le journal du cégep.

— Rosalie et lui entretenaient-ils une relation plus... poussée?

Un éclat de rire délia les traits tirés de Mélanie Harvie.

— Rosalie et Flaherty? Il doit avoir au moins quarante ans!

Geneviève Savoie esquissa un sourire. Surprenant resta de glace.

— C'était quel genre de fille, Rosalie? demanda l'agente.

La gaieté de la cégépienne fit place à la perplexité.

— Elle n'était pas comme nous. Pour commencer, elle était fonceuse. Elle n'avait peur de rien. Son père était riche et malade. Elle savait qu'elle allait hériter de lui. Ça la rendait un peu arrogante. C'était quelqu'un de très émotif. Si elle t'aimait, c'était pour la vie. Si elle t'avait de travers, tu avais intérêt à te surveiller.

— Peux-tu préciser?

La jeune fille hésita, puis se lança:

— Elle avait un côté *bitch*. Elle racontait des choses épouvantables au sujet de certaines filles. Ce qui est sûr, c'est que tu préférais être de son bord.

— Elle consommait autre chose que du pot? s'enquit Surprenant.

Mélanie Harvie jeta un regard du côté de sa mère.

— S'il faut que je vous dise la vérité, oui. Julien Cormier la fournissait en coke. Ces derniers temps, elle était nerveuse, un peu parano.

— À part toi, elle avait des amies intimes ?

— Pas beaucoup. Il y avait peut-être Roxane Déraspe, de l'Étang-du-Nord. Son confident, c'était son cousin, Emmanuel Lafrance. Quand il s'est tué, le printemps passé, Rosalie a presque fait une dépression.

Un silence s'installa. Surprenant revit le petit chalet du chemin des Buttes. Pendu à une poutre, le jeune Lafrance tournoyait imperceptiblement dans la lumière dorée du matin de mai. Ce qui l'avait frappé en entrant, c'était ses baskets, des Nike très chères. Félix portait les mêmes.

— La mort de son cousin l'a ébranlée ? reprit Geneviève Savoie.

— Elle n'arrivait pas à croire qu'Emmanuel se soit tué sans lui parler. Ils étaient très proches. Je pense qu'elle se sentait responsable.

— Une dernière question, intervint Surprenant. Pourquoi a-t-on mis le feu à la Golf de Rosalie ?

— Votre agent me l'a déjà demandé. Je n'en ai aucune idée. Ce que je sais, c'est que l'auto était exactement à l'endroit où Rosalie l'a stationnée à notre arrivée. Quand elle est partie, Rosalie a laissé son paquet de cigarettes et son trousseau de clefs sur la table. Je les ai ramassés.

— Tu les as toujours ?

— C't'affaire ! Ils sont dans ma chambre.

* * *

Surprenant et sa coéquipière s'installèrent dans l'auto-patrouille et se regardèrent. Ils se posaient la même question : comment McCann avait-il pu négliger de récupérer des objets si importants ?

Geneviève Savoie soupira :

— À force de faire passer des alcootests et d'arbitrer des chicanes de ménage, j'imagine qu'on s'encrasse.

Surprenant examina son butin. À part les clefs d'auto, le trousseau comprenait une petite clef de cadenas, deux Yale neuves et une vieille clef brune, dont le degré de patine était intrigant.

— Tu veux conduire ? offrit-il à Geneviève Savoie.

Ils sortirent et changèrent de siège.

— Où est-ce qu'on va ? demanda-t-elle.

— À Havre-Aubert. À cette heure-ci, Julien Cormier doit dormir comme un loir.

Rosalie Richard fumait des Player's légères. Les cigarettes étaient accompagnées d'un paquet d'allumettes, sur le rabat duquel Surprenant trouva un numéro de téléphone. Les trois premiers chiffres indiquaient l'île de Havre-aux-Maisons. Il appela McCann au poste et lui demanda l'identité de l'abonné. Au bout du fil, la voix de McCann semblait fatiguée. Surprenant eut envie de le taquiner à propos du trousseau de clefs. Il s'abstint. Personne n'était à l'abri d'un moment d'inattention. À la place, il s'informa des mouvements de Gingras.

— Selon Majella, il est à Havre-aux-Maisons.

Surprenant sourit. Le génie du continent avait dû commencer son enquête par une visite chez Roméo Richard.

Geneviève Savoie emprunta le raccourci du chemin des Amoureux. À la sortie d'un virage, l'église de bois de Lavernière apparut à leur gauche, dressée contre la mer moutonnante. Ils prirent l'embranchement vers Havre-Aubert. Surprenant abaissa le dossier de son siège.

— Qu'est-ce que tu fais ? s'étonna Geneviève Savoie.

— Je réfléchis.

Surprenant s'allongea, ferma les yeux.

— Ce qui m'intrigue, reprit-il, c'est l'incendie de la Golf. De toute évidence, elle n'a pas été utilisée pour commettre le meurtre.

— Il y a deux possibilités. Si elle a été incendiée par l'assassin, ça implique probablement qu'il s'agit d'une connaissance de Rosalie. Sinon, ça laisse penser qu'une tierce personne a voulu, après sa mort, détruire quelque chose de compromettant, avec ou sans rapport avec le meurtre.

— Il existe une autre possibilité. Le meurtrier, s'il n'était pas une connaissance de Rosalie, peut avoir mis le feu à la Golf pour brouiller les pistes.

Geneviève Savoie poussa un soupir dubitatif.

— Ça me paraît tiré par les cheveux…

— Une chose est certaine, celui qui a mis le feu devait avoir un double des clefs. J'ai verrouillé toutes les portes, hier matin.

Le portable du sergent sonna. C'était McCann.

— Tu as trouvé? s'enquit Surprenant.

— Évidemment. Mais j'ai peut-être quelque chose de plus intéressant. Une dame Martha Petitpas, de Cap-aux-Meules, vient d'appeler. Elle m'assure que quelqu'un a emprunté son auto la nuit du meurtre.

— Et elle s'en aperçoit trente-six heures plus tard?

— On dirait. Autre détail: elle croit avoir vu une tache de sang sur le banc arrière.

— Gèle ça. On arrive.

Geneviève Savoie freina sur l'accotement et fit demi-tour, provoquant quelques sueurs froides parmi l'équipage d'une Honda qui venait de les croiser en pétaradant.

# 14

# Monsieur et madame Petitpas

Les Petitpas habitaient chemin Gaudet. L'allée quittait la route principale près de l'aréna, passait derrière les édifices gouvernementaux et rejoignait, au sommet des buttes qui dominaient Cap-aux-Meules, le chemin Éloquin.

Les cheveux gris ondulant à peine sous la brise, une dame dans la cinquantaine, grêle et prématurément voûtée, attendait les policiers sous l'unifolié qui surplombait sa pelouse. À ses côtés, un homme de haute taille, le teint très rouge, le torse sanglé dans une chemise à carreaux, posait sur les arrivants un regard sévère. Dans la cour, un pick-up Toyota défraîchi pointait son capot vers le large, non loin d'une Buick d'une dizaine d'années qui venait manifestement d'être lavée.

Surprenant et Geneviève Savoie sortirent de la voiture. L'homme s'avança vers eux et leur tendit une main puissante.

— Alcide Petitpas. Voici ma femme. C'est elle qui vous a appelés.

Bien que poli, le ton d'Alcide Petitpas suggérait qu'il n'approuvait pas l'initiative. Son épouse se tenait à l'écart, le bec pincé.

— Vous voulez voir l'auto ? proposa l'homme.

— J'aimerais d'abord vous poser quelques questions.

Alcide Petitpas les invita à entrer. La maison, un cottage mansardé, semblait l'objet des plus grands soins. Le gazon était tondu, les corniches et les fenêtres repeintes, le jardin désherbé et retourné en prévision de l'hiver, les gonds des portes huilés. La salle de séjour, avec ses meubles en chêne surmontés de bibelots et ses murs égayés de photos d'enfants, était à l'avenant.

D'une voix anxieuse, Martha Petitpas leur offrit du café. Les policiers refusèrent.

— Si ça ne vous fait rien, je vais en prendre, dit-elle en se levant.

Elle s'évada à la cuisine, les laissant en compagnie de son mari, lequel se contenta de s'éclaircir la gorge et de mettre ses mains sur ses genoux. Pour détendre l'atmosphère, Surprenant sortit son carnet et posa quelques questions de routine. Les Petitpas habitaient la maison depuis leur mariage, vingt-quatre ans plus tôt. Leurs deux fils vivaient sur le continent.

— Votre occupation ?

— Concierge.

— À quel endroit ?

— À la polyvalente.

Surprenant et Savoie dressèrent l'oreille. La polyvalente et le cégep que fréquentait Rosalie étaient mitoyens.

Alcide Petitpas ne perdit rien de leur réaction.

— Si vous voulez le savoir, oui, je connaissais Rosalie Richard, au même titre que les cinq cents autres jeunes dont je ramasse les dégâts.

— Vous n'aviez aucun contact particulier avec elle ? demanda Surprenant.

— Non. Je savais qu'elle était la fille de Roméo Richard. Depuis un an, elle avait de mauvaises fréquentations.

— C'est-à-dire ?

— Elle se tenait avec les drogués. Le midi, elle faisait parfois un saut chez le jeune Cormier, au Havre.

Martha Petitpas revint avec un sous-verre, une tasse de café, une cuiller et une serviette de papier. Les mains tremblantes, elle essuya la table, déjà immaculée, avec la serviette et y posa le sous-verre. Elle prit une gorgée de café, plaça la tasse au centre exact du sous-verre puis disposa la cuiller sur la serviette de façon perpendiculaire à la tasse. Le mari, les mains toujours sur les genoux, regardait droit devant lui.

Rompant un silence gêné, Surprenant interrogea Martha Petitpas. L'été, elle travaillait dans une conserverie de homards. Elle se trouvait présentement en chômage. Son récit se résumait à peu de choses. Le matin, en nettoyant son auto, elle avait découvert une tache rougeâtre sur la banquette arrière.

— L'avez-vous nettoyée ? s'enquit anxieusement Surprenant.

— J'ai commencé, puis j'ai arrêté.

Geneviève Savoie échappa un soupir de soulagement. Martha Petitpas reprit :

— J'ai eu comme un éclair, tout à coup. Premièrement, il y avait eu le volant.

— Le volant ?

— Vous avez sans doute remarqué que j'ai un problème : il faut que tout soit en parfait ordre autour de moi. Sinon je deviens angoissée. Quand je stationne l'auto dans la cour, le volant est toujours bien droit. Hier matin, il était de travers.

— Votre mari l'avait peut-être utilisée ?

Alcide Petitpas fit non de la tête.

— Jeudi soir, je suis revenu de travailler vers vingt heures. J'ai soupé, j'ai bu quelques bières et je me suis endormi au sous-sol en regardant le hockey. Avec le jeu qu'on a aujourd'hui…

— Et vous, madame ?

— Je suis allée au centre commercial, puis au bingo. Je suis rentrée *après* Alcide. Je n'ai pas pris l'auto hier. Mon mari non plus. Je peux le jurer.

Martha Petitpas, d'abord réservée, prenait de plus en plus d'assurance.

— Vous avez dit «Premièrement», intervint Geneviève Savoie. Il y a eu autre chose ?

— Hier matin, j'ai remarqué que les pneus étaient sales. De la terre rouge. J'ai trouvé ça étrange. Je les ai lavés avec le boyau d'arrosage. Ce matin, quand j'ai vu la tache sur la banquette arrière, j'ai compris : quelqu'un s'est servi de l'auto dans la nuit de jeudi à vendredi.

— Pourquoi avez-vous appelé la police ?

— À cause de la petite Richard. Paraît qu'elle a été vue la dernière fois à la Caverne. C'est juste en bas.

Surprenant marcha jusqu'à la fenêtre. Deux cents mètres en contrebas, au-delà d'un champ, il apercevait clairement le stationnement du bar de son ami Platon Longuépée.

— Vous laissez vos clefs dans votre auto ?

— Avec tout le monde qui se balade aux Îles ? Ja-

112

mais! Nous avons chacun notre trousseau de clefs. Par sécurité, nous gardons des doubles dans la cuisine.

Assez fière d'elle, Martha Petitpas fit la démonstration de son système. Chacune de ses clefs était ornée d'un capuchon de couleur. Les doubles, disposés rigoureusement dans le même ordre, étaient suspendus à une rangée de crochets sous une armoire de la cuisine.

— Verrouillez-vous vos portes, le soir?

— Seulement l'été, quand il y a des touristes.

— Avez-vous pensé à la façon dont on a pu emprunter votre auto?

— Je ne vois qu'une possibilité. Quelqu'un est entré pendant la nuit et a pris la clef dans la cuisine.

— Pour la remettre à sa place en revenant?

— En plein ça.

— Vous avez noté des traces de pas?

— Je balaie le prélart tous les matins, à sept heures et quart, après mon déjeuner. Hier, j'ai rien remarqué d'anormal.

— Vous n'avez aucune idée du coupable?

— Nous avons bien réfléchi, dit Alcide Petitpas d'un ton ferme. Nous ne voyons personne.

Ils sortirent pour jeter un œil sur la voiture. D'un vert indéfinissable, la Buick n'affichait aucune trace de rouille malgré son âge avancé. Surprenant enfila une paire de gants et ouvrit la portière arrière. Martha Petitpas avait de bons yeux. Sur le revêtement gris de la banquette s'étalait une tache de deux centimètres de diamètre, oblongue, à demi effacée par un début

de nettoyage. Le reste de l'habitacle était sans particularité.

Le sergent annonça qu'il allait faire venir le technicien et le maître-chien.

— Vous croyez vraiment que l'assassin s'est servi
de notre auto ? s'étonna Alcide Petitpas.

— C'est possible. Nous allons vérifier.

Surprenant se retourna et examina le jardin d'un
œil de connaisseur.

— Qu'est-ce que vous faites pousser là-dedans ?
demanda-t-il au concierge.

— Toutes sortes de choses, répondit sa femme. Des
patates, des carottes, de la rhubarbe, des choux-
raves ! Heureusement, j'ai l'aide de mon neveu. Alcide
a une maladie de peau, il ne peut pas aller au soleil.
Il a même dû faire poser des vitres teintées sur son
pick-up.

Surprenant observait Alcide Petitpas. Ses minces
cheveux voletant au vent, il affichait un air perplexe.
Quelque chose semblait le tracasser.

# 15

# Une visite au Havre

— Qu'est-ce que tu penses des Petitpas? demanda Surprenant.

Reprenant le chemin de Havre-Aubert, ils filaient le long de la plage de la Martinique. Geneviève Savoie, les yeux fixés sur la route, fit la moue.

— Son travail à la polyvalente le rend suspect. Il ne semblait pas très heureux de nous recevoir.

— L'épouse était nerveuse. C'est elle qui a pris l'initiative de nous signaler la tache sur la banquette. Le mari m'a paru préoccupé.

— Ils cherchent peut-être à protéger quelqu'un. Qui savait qu'ils rangeaient leurs clefs sous une armoire de cuisine?

— C'est assez exposé. Beaucoup de gens peuvent les avoir vues. Il reste un fait: le meurtrier a pris des risques pour se servir de cette auto. Pourquoi? Il aurait pu emprunter n'importe quelle voiture dans un stationnement.

Surprenant appela Marchessault et Cayouette et leur fournit la description de la Buick.

— Ça devrait nous aider, grogna Marchessault. On n'a rien découvert jusqu'ici, à croire que tout le monde dormait comme des bûches.

— Tapez-vous une tournée sur le chemin Gaudet. Il y a peut-être eu des témoins.

Il était plus de onze heures quand ils arrivèrent à Havre-Aubert. La pluie avait cessé. Le vent donnait des signes d'essoufflement. Au large, les nuages laissaient percer des plaques de soleil sur la mer grise.

Sur le Chemin d'en haut, au pied des buttes des Demoiselles, Julien Cormier habitait une maisonnette aux bardeaux défraîchis, surmontée d'une antenne parabolique. Dans la cour, une Westfalia bigarrée voisinait une niche de contreplaqué et une pile de bois de chauffage.

Les policiers trouvèrent le revendeur de drogue dans sa cuisine, en train de jouer au backgammon avec une dame qui faisait deux fois son poids et trois fois son âge. Des effluves de haschisch flottaient dans la maison, mêlés à l'odeur d'un labrador sénile dont les griffes cliquetaient sur le prélart.

— Bonjour, la police ! claironna Cormier sans lever la tête de son jeu. Prenez pas la peine de chercher, y a rien.

— On n'est pas venus pour la dope, p'tit morveux, répliqua Surprenant.

— Vous savez bien que je touche pas à ça. Qu'est-ce que je peux faire pour vous ?

— Tu pourrais nous présenter ton amie, ironisa Geneviève Savoie.

Ses cheveux gris noués en une toque approximative, la dame observait les policiers d'un air matois.

— C'est Phonsine Boudreau. Ma tante et ma voisine. Si ça ne vous dérange pas, je préfère qu'elle reste. Avec vous autres, c'est toujours mieux d'avoir un témoin.

Julien Cormier se leva et alla chercher une théière sur un comptoir bas, encombré de vaisselle sale. Le teint foncé, les joues mangées par une barbe frisottante, le jeune homme avait une allure de gigolo méditerranéen. Paresseux, rusé, il trafiquait depuis la maternelle, sans jamais transporter lui-même sa marchandise. La Sûreté et la GRC connaissaient son négoce et le filaient par intermittence pour tenter de remonter la filière.

— Tu devines pourquoi on est ici ? insinua Surprenant en inspectant le salon.

— J'ai rien à voir avec la mort de Rosalie.

— Ni avec l'incendie de son auto ?

— Sa Golf a brûlé ?

— Fais pas l'innocent. Où étais-tu jeudi soir ?

— J'ai regardé un film, ici, avec la Tête Plate.

— Parle donc pour qu'on te comprenne. C'est qui, la Tête Plate ?

— Robert à Médéric Cyr. Vous connaissez l'histoire ? À six ans, il est tombé dans une gabarre…

— Est-ce qu'il a assez de mémoire pour confirmer ton alibi ?

— Ça dépend des jours. Vous pouvez demander à Phonsine. Elle est arrivée ici vers deux heures du matin.

— Je dormais pas, grasseya la tante. J'ai vu de la lumière, je suis venue jouer au backgammon.

Julien Cormier souriait. Il avait eu tout le temps de se monter un alibi.

— D'après toi, qu'est-ce qui s'est passé ? demanda Geneviève Savoie.

— Elle a dû tomber sur un fou. Personne n'avait de raison de tuer Rosalie.

— Vous avez été copains, non ?

— Une vieille histoire. Si vous voulez mon avis, c'est quelqu'un d'en dehors qui l'a tuée. Un échappé d'asile, peut-être. Il en débarque toujours une couple, l'été.

— Je peux voir tes clefs ? intervint Surprenant.

— Vous avez un mandat ?

— Non.

— Bof ! J'ai rien à cacher.

Faussement dégagé, le jeune homme tendit un trousseau de cinq clefs au sergent. L'une d'elles était un double de la vieille clef brune de Rosalie Richard.

— Ça ouvre quoi, ça ?

— Le hangar de son père. On allait baiser là quand on a commencé à se voir.

\* \* \*

Surprenant s'installa derrière le volant.

— Toujours charmant, ce petit trou de cul…

Il prit à gauche, dépassa l'église et le Palais de justice, et descendit la butte qui surplombait la Grave. D'une longueur de deux cents mètres, l'étroite bande de terre était semée de bâtiments rénovés aux frais du gouvernement. Submergé l'été par les touristes, le site historique, reliquat des premiers établissements acadiens, baignait le reste de l'année dans une somnolence mélancolique.

Surprenant immobilisa l'auto-patrouille devant une

maison carrée. Les murs étaient revêtus de papier goudronné et les fenêtres thermos portaient la marque de leur fabricant.

— Si je ne me trompe pas, nous devons être chez le poète.

— Le poète ? s'étonna Geneviève Savoie.

— Je t'expliquerai.

Une Mercedes assez récente était stationnée dans la cour. Ils enjambèrent des débris de construction et frappèrent. Un colosse, les cheveux blonds de sciure, leur ouvrit. En ce samedi matin, Jacques Flaherty ne bûchait pas sur des rimes. Un pied-de-biche à la main, les reins entourés d'une ceinture d'où pendaient marteau, pinces et tournevis, son torse puissant moulé dans un t-shirt maculé d'œufs et de ketchup, pas rasé, il accueillit les policiers avec une réticence goguenarde.

— Les représentants de la loi et de l'ordre ! Vous interrompez mon passe-temps préféré : la démolition.

— Nous aimerions vous poser quelques questions…

— … au sujet de la mort tragique de Rosalie Richard ! Tirez-vous une bûche. Prendriez-vous un expresso ? Un cappuccino ? Un café au lait ?

Jacques Flaherty s'exprimait d'une voix théâtrale, où saillait une ironie qui frisait l'insulte. Il guida ses visiteurs jusqu'à l'arrière de la maison. S'ouvrant sur le havre et le quai de plaisance, la cuisine semblait la seule pièce habitable de ce capharnaüm. Sur une belle table en pin s'étalaient revues, journaux et livres. Une cafetière à expresso, rutilante de cuivre, trônait sur le comptoir.

— Je prendrais volontiers un cappuccino, dit Surprenant.

L'odeur du café lui rappela Maria. Il l'imaginait à Montréal, buvant son expresso dans la cuisine de la maison de la rue Dante. S'il faisait chaud, elle serait au jardin, ses longs cheveux sur les épaules.

— Et vous, madame ?

— La même chose.

Pour s'adresser à la jeune policière, Flaherty avait emprunté une voix chaude, presque vulnérable. Cet homme savait parler aux femmes.

— Que voulez-vous savoir ? attaqua le professeur en vidant le marc dans l'évier.

— Parlez-nous de Rosalie, commença Surprenant. Vous la connaissiez bien, à ce qu'il paraît.

— Coucher avec une étudiante n'est pas un crime, à ce que je sache.

— Rosalie était majeure. Je voudrais que vous nous la décriviez.

— Elle était de loin l'élève la plus brillante de mon groupe. Elle écrivait bien, mais ne pensait pas toujours clairement, ce qui est étrange, quand on y songe… Elle était impétueuse, excessive, fragile sous un couvert d'indépendance. Elle avait des phobies, comme une vieille femme.

— Par exemple ? demanda Geneviève Savoie.

— Elle avait peur du noir. Elle me parlait souvent de son frère Réjean. Elle m'a dit qu'il avait été assassiné.

— Ah oui ? Par qui ?

— Il aurait été empoisonné par le second de son

père. Je ne me souviens plus de son nom.

— Albéni Thériault.

— C'est ça. Elle avait aussi une peur panique des hôpitaux. Il y a un mois, elle s'est entaillé la main, assez profondément, avec un couteau de cuisine. Elle a refusé de voir un médecin.

Flaherty fit mousser le lait, adroitement, puis le versa dans les tasses.

— Quelle était la nature exacte de vos relations ? s'enquit Surprenant.

— Elle était amoureuse de moi, aussi bizarre que cela puisse vous paraître. C'était un coup de tête, évidemment. Elle était attirée par mon âge, par mon personnage.

— Et vous ?

— Comment résister à une jeune beauté qui se glisse dans votre lit ? Je savais que ça allait finir prochainement. J'ai quarante-cinq ans et elle en avait dix-neuf.

— Où étiez-vous jeudi soir ?

L'écrivain éclata d'un rire homérique.

— L'alibi, évidemment ! J'étais ici, sergent. Fin seul, comme d'habitude. Je relisais *L'amour au temps du choléra* de Garcia Marquez. Malheureusement, les livres ne peuvent témoigner.

— Même les meilleurs. Vous n'êtes pas sorti de la soirée ?

— Non. J'ai avancé mes travaux, j'ai vidé une bouteille de vin et j'ai lu jusqu'à deux heures du matin.

— Quand avez-vous vu Rosalie la dernière fois ?

— Jeudi matin, au cours. Je l'ai invitée à passer

dans la soirée. Elle m'a dit qu'elle ne pouvait pas, qu'elle avait un rendez-vous important.

— Un rendez-vous important ?

— Ce sont ses mots. Ça m'a plutôt intrigué. Je ne lui ai pas posé de questions. Un vieux prof jaloux, rien de plus ridicule.

# 16

# Une piste

Sur le chemin du retour, Surprenant reçut un appel de Majella. Les journalistes, dont des correspondants de TVA et de la Presse Canadienne, réclamaient un point de presse.

— Dis-leur qu'on leur parlera à dix-huit heures.

— C'est trop tard. Ils veulent avoir quelque chose à envoyer pour le bulletin de fin de journée.

— Asselin ne peut pas s'en charger?

— Paraît qu'il a la diarrhée.

— Seize heures.

Surprenant voulait échapper à la curiosité des insulaires. Il invita Geneviève Savoie à manger chez lui. Échevelé, à demi nu, bâillant, Félix était au téléphone.

— Ta mère a appelé? demanda Surprenant.

— Pas encore. Tu devrais lui donner un coup de fil avant qu'elle apprenne le meurtre par les journaux.

Félix faisait encore une fois preuve de sagacité. Maria Chiodini pouvait s'offusquer du délai de transmission d'une nouvelle, à plus forte raison s'il s'agissait d'un assassinat. Chez elle, la jalousie et l'amour étaient un seul et même sentiment, qui concernait aussi bien les événements, les objets que les personnes.

Surprenant présenta sa coéquipière à son fils. L'adolescent, mal à l'aise dans son bas de pyjama, retraita vers la cave.

Surprenant prépara d'épais sandwichs au thon, qu'ils avalèrent en silence sur le comptoir de la cuisine.

— Ton fils a raison, marmonna Geneviève Savoie. Tu devrais téléphoner à ta femme.

— Faisons d'abord le point. Ce matin, nous avons découvert quelque chose d'important.

— Rosalie Richard avait rendez-vous.

— Voilà. Ça semble exclure le meurtre fortuit. Rosalie s'est rendue à la Caverne avec des amis. Vers deux heures, elle a laissé ses clefs d'auto et son paquet de cigarettes sur la table et est sortie pour rencontrer quelqu'un. Le rendez-vous devait être bref et avoir lieu dans les environs immédiats du bar.

— Par exemple, un achat de drogue.

— Ou n'importe quoi. La question est de savoir qui était ce quelqu'un. Rosalie est détendue. Mélanie Harvie la décrit comme étant de bonne humeur. Elle ne va sûrement pas affronter un psychopathe.

Geneviève Savoie s'essuya la bouche. Le regard sérieux, elle observait Surprenant.

— Tu veux planter Gingras, n'est-ce pas? Sois prudent. La glace est mince.

— Marchessault m'a déjà averti. Si tu crains les retombées, je peux travailler seul.

— Prends garde à Gingras. Il a saisi ton manège. Pour revenir au rendez-vous, ce n'est pas le lieu, c'est l'heure qui me tracasse. Il n'y a pas beaucoup de marchés honnêtes à deux heures du matin.

— Justement. Rosalie est tombée dans un piège. Elle était fonceuse, mais elle n'était pas folle. Elle avait rendez-vous avec quelqu'un dont elle ne se méfiait pas.

— Suffisamment, compléta Geneviève Savoie.

Le téléphone sonna. C'était Maria. Surprenant lui dit qu'il prendrait l'appel dans la chambre.

— Pourquoi, chéri? Il y a quelqu'un avec toi?

— Euh… Geneviève Savoie mange ici. Nous sommes sur une grosse affaire. La…

— Charmant. Félix est à la maison?

— Il est au sous-sol.

— Tu travailles sur le meurtre de la petite Richard?

— Tu es au courant?

— J'ai reçu un appel de Rolande Arseneau. Elle voulait savoir si j'avais des détails. J'ai eu l'air d'une… comment tu dis?

— D'une dinde.

— J'ai eu l'air d'une dinde.

— J'allais justement t'appeler.

— Gentil de ta part, glissa Maria d'un ton glacial.

Après un silence qui équivalait à un aveu de culpabilité, Surprenant déclara qu'il devait se rendre au poste.

— Fais attention à toi, chéri. Et surtout, veille à ce que ta grosse affaire, elle ne devienne pas trop grosse.

— C'est ça.

— Passe-moi Félix. À propos, Maude t'envoie ses bonjours.

Après le rituel échange de *Ciao!*, le sergent transmit l'appel à son fils. Dans la cuisine, Geneviève Savoie finissait de préparer le café. Elle s'amusait prodigieusement.

Le portable de Surprenant sonna. D'une voix de

conspiratrice, Majella lui murmura qu'il y avait du nouveau.

— Le jeune Tremblay a trouvé quelque chose dans l'ordinateur. Gingras s'en vient. Je pense que c'est important.

— J'arrive.

Surprenant et Geneviève Savoie enfilèrent leur veste, avalèrent deux gorgées de café et sortirent en vitesse.

\* \* \*

Dans l'auto, un bénévole de la radio communautaire lançait d'une voix mal assurée un appel à la population : toutes les personnes qui étaient à la Caverne le vendredi entre minuit et trois heures étaient convoquées sur place à quatorze heures pour une *reconstruction*.

— Reconstitution ! pesta Surprenant. Brault n'a jamais pu écrire une ligne sans faute !

— C'est peut-être le gars de la radio qui s'est trompé.

De mauvaise grâce, Surprenant convint que c'était possible.

— En y pensant, je me demande si cette réunion est une bonne idée. Il va y avoir plus de curieux que de témoins.

— Ce qui est sûr, c'est que Platon va faire un bon après-midi.

Il était treize heures. McCann et Godin s'étaient rendus sur les lieux d'un accident à la Dune-du-Sud. Dans la grande salle, Marchessault et Cayouette s'empiffraient de poulet frit en regardant un tournoi d'hommes forts au Réseau des sports. À une autre table, Brault et Barsalou dressaient le bilan de leur enquête du matin.

Surprenant s'assit en face de Brault.

— Alors, comment s'annonce la *reconstruction*?

Le jeune homme rougit jusqu'aux oreilles.

— J'ai eu un moment d'inattention, sergent. Par contre, votre ami Platon a une mémoire phénoménale. Il nous a fourni une trentaine de noms.

— La Caverne est un bar d'habitués. Ça doit être ses clients habituels. Vous avez trouvé quelque chose aux environs?

— On a un truc, intervint Barsalou. Un nommé Alphée Landry nous a raconté qu'il avait failli être renversé par une auto, vers deux heures du matin, sur le chemin Gaudet.

Surprenant sentit son pouls s'accélérer. La description de l'automobile — une vieille berline américaine de couleur verte — pouvait correspondre à la Buick de Martha Petitpas.

— Et le conducteur?

— C'est là que ça devient bizarre. Le gars nous a dit qu'il n'y avait pas de conducteur.

— Pas de conducteur?

— Il rentrait chez lui en marchant sur l'accotement, en direction est. La voiture roulait plutôt vite et a été déportée sur la droite. L'homme a dû se jeter dans le fossé. Il a cherché à distinguer qui était derrière le volant. Il n'a rien vu.

— Rien?

— Je vais vous répéter ses mots, reprit Barsalou en consultant ses notes. «J'ai vu *nothing*, pas même un petit doigt sur la roue, à croire que c'était le *djâbe* qui chauffait.»

Surprenant grogna.

— Ton témoin était sobre?

— Poser la question, c'est y répondre, sergent.

Surprenant se dirigea vers Tremblay. Arborant un discret sourire de satisfaction, l'agent agrafait des piles de documents près de l'imprimante.

— Tu as quelque chose? demanda Surprenant d'un ton anodin.

— C'est possible.

Alexis Tremblay était un agent prometteur mais ambitieux. Il hésitait à dévoiler le fruit de ses recherches de peur d'en perdre le crédit auprès de Gingras.

— Quand tu auras envie d'en parler, fais-moi signe, lâcha Surprenant en s'éloignant.

— Prenez-le pas comme ça, sergent. Je crois que j'ai un suspect.

Gingras entra sur ces entrefaites. Sans porter attention à Surprenant, il saisit le document que lui tendait Tremblay.

— Allons dans un endroit plus tranquille, suggéra-t-il en sentant la douzaine d'yeux qui les observaient.

Les trois hommes gagnèrent la petite salle, où Geneviève Savoie se versait un café. Gingras sembla content de sa présence.

— J'ai procédé comme vous me l'avez suggéré, commença Tremblay. Ça s'est avéré un peu long. En croisant les données de recensement et les listes de meurtriers, je suis tombé sur un nom: Damien Lapierre. Il y en a deux aux Îles. L'âge de l'un d'eux correspond exactement à celui du meurtrier de Solange Gauvreau, en 1984, à Montréal.

Gingras et Surprenant feuilletaient fébrilement le dossier. En dernière page, ils découvrirent la photo d'une jeune fille, gisant nue dans un boisé. Les paupières étaient gonflées, le cou tuméfié.

— Étranglée, comme Rosalie Richard, glissa Tremblay. Lapierre est sorti de l'Institut Pinel en 1999, après quinze ans de détention.

Pupille brillante, galoche en l'air, Gingras jubilait.

— Il reste où, ton Lapierre?

— Au 86, chemin Éloquin, à Cap-aux-Meules.

Surprenant sentit un frisson lui parcourir l'échine. Alcide Petitpas habitait au 82.

# 17

# Damien Lapierre

Après quelques instants de flottement, Gingras demanda à Surprenant un compte rendu de sa matinée. Le récit de la visite chez les Petitpas provoqua, comme prévu, un accès de colère.

— Est-ce que je comprends bien? Tu découvres ce qui pourrait être le véhicule utilisé pour le crime et tu ne m'avertis pas?

— Je comptais le faire ce midi.

Blanc de fureur, les muscles bandés, Gingras sembla caresser l'idée de mettre son poing dans la face de l'impudent qui avait bravé ses ordres. D'une voix sifflante, il menaça :

— Surprenant, des petits crottés comme toi, j'en ai écrasé deux douzaines. Considère que c'est un premier et un dernier avertissement.

Surprenant, écarlate, ne cilla pas. Un silence surnaturel régnait dans la salle de réunion.

— Rassemble tout le monde! ordonna Gingras. On fait le point!

Marchessault, Brault, Cayouette et Barsalou s'installèrent, intrigués par la tension qu'ils devinaient entre leurs supérieurs. Après l'embellie des dernières heures, la pluie ruisselait de nouveau sur les fenêtres. Gingras, toujours aussi pâle, reprit possession de lui-même. Sur un ton professoral, il exposa les découvertes du matin. L'enquête avait progressé à pas de géant. Une dame Petitpas avait signalé que son automobile avait été empruntée dans la nuit de jeudi à vendredi. Les techniciens de l'identité allaient procéder à des prélèvements qui pourraient établir que la victime y avait séjourné avant ou après sa mort.

Par ailleurs, un passant avait failli être renversé par une automobile semblable à celle de Mme Petitpas, vers deux heures du matin, sur le chemin Gaudet, à proximité de l'endroit où Rosalie Richard avait été vue pour la dernière fois.

Enfin, un étrangleur récemment revenu aux Îles à la suite d'un long séjour à l'Institut Pinel habitait à deux pas de la maison des Petitpas.

Pour appuyer ce renforcement de son hypothèse du psychopathe, le limier observa un silence puis se racla la gorge. L'hostilité entre lui et Surprenant était si manifeste qu'elle avait presque supplanté le meurtre dans l'esprit des agents.

— Les choses se précisent, continua Gingras. Cayouette, prends une photo de la Buick et retourne chez Alphée Landry. Peut-être que ça lui rafraîchira les idées. Brault et Barsalou, vous pouvez toujours procéder à la reconstitution au bar. Je ne crois pas que cela serve à grand-chose, mais enfin, puisque vous l'avez annoncée à la radio…

Denis Gingras laissa les hommes s'ébrouer puis ajouta :

— Je veux que ce soit clair pour tout le monde : c'est moi qui dirige cette enquête.

Pis qu'une insulte, c'était un désaveu. Réfrénant

sa colère, Surprenant attendit que les agents quittent la salle de réunion avant de se camper devant Gingras.

— Ça vous a donné un frisson de me planter devant mon équipe ?

Gingras posa sur lui un regard méprisant.

— C'est bien, sergent ! Au moins tu sembles avoir assez d'échine pour te tenir debout ! Quel âge as-tu, Surprenant ?

— Quarante ans.

— Tu veux rester sergent-détective dans un trou toute ta carrière ?

— Pas vraiment.

— Tu es un petit baveux. Je vais quand même te rendre un service.

Gingras leva vers Surprenant un index gros comme un canon de quarante-cinq.

— Apprends que tu ne peux pas jouer dans le dos d'un supérieur sans attraper une claque sur la gueule. Maintenant, suis-moi.

Sous les yeux inquisiteurs de l'escouade, Gingras entraîna Surprenant vers une voiture.

— Conduis, ordonna Gingras. Je suis mêlé, ici.

— Sans indiscrétion, on va où ?

— Chez le malade.

— Tant qu'à faire, vous préféreriez pas avoir un mandat ?

— On a le temps. Je veux juste lui voir la face.

\* \* \*

À cent pas de la route, sur un terrain jouxtant celui d'Alcide Petitpas, adossé à une colline qui lui coupait toute vue sur l'ouest, le 86, chemin Éloquin était un chalet d'à peine quatre mètres sur six. Le bardeau venait d'être repeint, de même que la porte et le perron qui supportait des jardinières remplies de terre noire. Sur le toit, une soucoupe interrogeait le ciel.

Gingras et Surprenant frappèrent, tentant en vain de s'abriter de la pluie qui dégouttait du toit. Seul leur parvenait le bruit de la télévision. Gingras tourna la poignée et entra.

L'avant du chalet comptait une seule pièce, qui servait à la fois de cuisinette, de salon et de salle à manger. À gauche de la porte, sous une tablette pleine de lainages, étaient suspendus un ciré verdâtre, sec, une veste à carreaux, une paire de cuissardes et un coupe-vent aux couleurs d'une brasserie. La cuisinette était propre, la vaisselle, rangée. L'évier montrait les signes d'un récent récurage. Sur l'écran d'un téléviseur, des hommes vêtus de blanc disputaient ce que Surprenant estima être une partie de cricket.

À part le téléviseur qui trônait au milieu du salon, le mobilier consistait en un sofa fleuri, une table basse en imitation noyer et un ensemble de cuisine aux pattes nickelées. Sur les murs, un calendrier portant le nom d'une quincaillerie et trois reproductions achetées dans un magasin à grande surface, dont une photographie de Hamilton mettant en scène une jeune fille qui ressemblait étrangement à Rosalie Richard. Il flottait une odeur aigre de sueur et de tabac. Surprenant chercha en vain la traditionnelle caisse de bière.

Malgré l'ordre et la propreté, l'ensemble dégageait un parfum de solitude et de misère morale.

— Regarde, murmura Gingras en pointant la fenêtre.

Sur le rebord de la baie vitrée qui s'ouvrait sur la mer étaient alignés une vingtaine de coquillages.

Un ronflement montait d'une pièce située à l'arrière. Gingras toussa, puis poussa une porte. Couché tout habillé sur le couvre-pied, un filet de bave au coin de la moustache, Damien Lapierre dormait profondément. Gingras dut le secouer pour le tirer de son abrutissement.

L'homme cligna des yeux et se mit sur son séant. Grand, gras, lourd, d'épais cheveux poivre et sel répandus sur le front, il tenait à la fois du yak et du grizzli. Il se frotta les paupières.

— Z'êtes qui?

— Lieutenant Gingras, sergent Surprenant. On a des questions à te poser.

— J'ai rien fait.

— Ne t'inquiète pas, reprit Surprenant d'une voix douce. On veut juste jaser cinq minutes.

— J'ai rien fait.

Les yeux figés dans une expression de méfiance butée, l'homme ne semblait pas disposer des ressources nécessaires pour jouer la comédie. Gingras lui posa la main sur l'épaule.

— Viens à côté.

Ils s'assirent à la table. Damien Lapierre était maintenant tout à fait éveillé. Son pouce droit et sa lèvre inférieure étaient affligés de discrets tremblements.

Au cours de sa carrière, Surprenant avait eu l'occasion de côtoyer des ex-psychiatrisés. Il avait pu observer chez eux les effets secondaires des médicaments anciennement utilisés dans le traitement des psychoses. Lapierre prenait, ou avait pris, une forte médication.

— Tu sais pourquoi on est ici ? commença Gingras.

— Non.

— Tu n'as pas une petite idée ?

— Non.

Surprenant examinait l'ex-détenu. Le teint blafard, le front en sueur, il crevait de peur. Dix-sept ans plus tôt, il avait affronté des policiers dans des circonstances similaires. L'exercice s'était soldé par quinze ans de prison.

— Où étais-tu jeudi soir ?

— Ici. Je regardais la télé.

— Et dans la nuit ?

— J'étais toujours ici. Il faisait mauvais. Je ne sors presque jamais.

— Il y avait quelqu'un avec toi ?

— Je n'ai jamais de visite. À part, des fois, mon oncle Alcide.

— Il demeure dans la maison à côté ? demanda Surprenant.

— Ben oui. La maison avec le drapeau rouge. Vous pensez quand même pas que j'ai tué la petite Richard ?

— J'ai pas dit ça, glissa Gingras. N'empêche que t'as pas d'alibi.

Damien Lapierre se leva, les traits décomposés, répétant et sanglotant :

— Vous allez pas recommencer !... Vous allez pas recommencer !...

Gingras détourna la tête, à la fois ennuyé et satisfait, et ordonna à Surprenant de téléphoner à un juge pour obtenir un mandat de perquisition.

* * *

Les choses ne traînèrent pas. Quinze minutes plus tard, une télécopie émise par un juge de Chandler jaillissait à gauche de Majella Bourgeois.

Elle en informa aussitôt Surprenant qui lui demanda d'envoyer Geneviève Savoie et McCann en renfort.

— Qu'est-ce qui se passe ? voulut savoir la vieille fille.

— On a comme qui dirait un suspect. Envoie le mandat au plus vite. Les techniciens de l'identification attendent dehors.

— Pour changer de sujet, Tremblay et Cayouette sont partis à Havre-aux-Maisons. Un vieux garçon trouvé raide mort dans sa cambuse.

— Quelque chose de louche ?

— Je croirais pas. Les ambulanciers ont suggéré d'appeler la police parce que le vieux vivait seul.

Gardant un œil sur Lapierre, qui fixait le réfrigérateur d'un air hébété, Surprenant sortit sur le perron. Réfugié sous une corniche, Gingras tirait sur une cigarette.

— Vous fumez ?

— De temps en temps, je m'accorde une récompense.

— Vous pensez que c'est notre homme ?

— Si les analyses d'ADN montrent que les poils lui appartiennent, je connais pas un avocat qui pourrait lui éviter de retourner en dedans.

Surprenant pensa que ce n'était pas le sens de sa question. Gingras exhala un nuage de fumée.

— Vous avez l'air content, observa Surprenant.

— Je suis débarqué ici il y a quinze heures. Nous avons un suspect. Qu'est-ce qu'un honnête policier peut vouloir de plus ?

Surprenant se tut. Il pleuvait toujours. De l'est accouraient des meutes de cumulus. Au large, l'Île d'Entrée s'était fondue dans la brume. Dans une auto-patrouille, le technicien et le maître-chien attendaient d'investir le chalet. Ils regardaient leur montre, supputaient leurs chances de passer leur dimanche en famille. Pour ces hommes, il s'agissait d'une affaire de routine, un meurtre cousu de fil blanc dont on trouvait le coupable en moins de vingt-quatre heures.

Surprenant se tourna vers Gingras. L'émissaire du B.E.C., content de lui-même, semblait avoir oublié ses griefs.

— Ça vous dérange si je me rends à la reconstitution ?

— Pas du tout. Laisse-moi un homme pour emmener Lapierre au poste.

Plus bas, sur la route, une demi-douzaine d'automobiles menaçaient de créer un embâcle. Surprenant quitta le chalet pour leur ordonner de circuler.

Derrière les fenêtres des maisons, on tirait les rideaux et on l'observait en commentant les derniers développements. Surprenant songea avec tristesse que certains préjugés seraient renforcés. Un meurtre sordide avait eu lieu. Qui était coupable ? Un malade psychiatrique. Et, par la bande, le système de santé et la justice.

Il jeta un œil du côté de chez Alcide Petitpas. Les stores étaient baissés. Surprenant repensa à sa visite chez le concierge. L'oncle Alcide avait-il entretenu des doutes au sujet de son neveu ?

Chaque chose en son temps.

# 18

# On finit toujours par payer

La Caverne était en état de siège.

Pour juguler le flot des curieux et préserver le sérieux de la reconstitution, Barsalou et Brault avaient dû dresser un périmètre autour de l'établissement. L'idée, attrayante du point de vue logique, entraînait des problèmes logistiques, dont le plus grave était l'incapacité du propriétaire à ravitailler, en bière et en boissons de toutes sortes, la foule dégoulinante des exclus. Les aisselles en nage, Platon Longuépée avait convoqué d'urgence deux serveuses de Fatima, lesquelles avaient passé la nuit à fêter mais avaient néanmoins monté en un temps record un comptoir sous une bâche empruntée à un marchand de cerfs-volants.

Barsalou et Brault avaient aussi dû composer avec les prétentions d'imposteurs, généralement dépourvus de ciré ou de parapluie, qui juraient avoir été présents lors de la nuit fatidique. Ils étaient contredits par les témoins certifiés qui tétaient leur alcool au sec et tentaient de conférer à leur mine le sérieux approprié.

Au centre, à une table marquée d'une chaise vide, étaient assis Mélanie Harvie et Stéphane à Ti-Phonse Patton. Les deux jeunes gens semblaient au bord des larmes, comme s'ils prenaient soudainement conscience de la mort de leur amie ou s'en attribuaient une part de responsabilité.

— Quel est votre plan ? demanda Surprenant à Barsalou.

— En premier, essayer de préciser l'heure et les circonstances du départ de la victime. Ensuite, recueillir le maximum de détails.

— Bien. Moi, je vais m'occuper du personnel. Souviens-toi de ça, Barsalou : dans un bar, questionne d'abord la serveuse ou le barman. Ils sont habitués à observer et ils sont à jeun.

Flanqué de Geneviève Savoie et de Platon qui le suivait comme un rémora, Surprenant se réfugia dans le bureau.

— Platon, fais venir la serveuse qui travaillait jeudi soir. Ensuite, laisse-nous seuls.

Anne-Marie Cormier, la mi-trentaine, les épaules sculptées par la fréquentation du gymnase, s'exprimait avec un accent de Havre-aux-Maisons châtié par un séjour en ville. Sa mémoire des faits était précise. Elle connaissait très bien la victime qui, en plus d'être une habituée, était sa petite-cousine.

— Rosalie est arrivée vers vingt-trois heures trente. Elle a pris deux bières en une demi-heure. Après, elle s'est mise au Perrier. Elle en a bu trois.

— Elle conduisait, déduisit candidement Geneviève Savoie.

— Je veux pas vous peiner, mais Rosalie ne se tracassait pas avec les barrages. Elle buvait quatre ou cinq bières et partait en se fiant à son étoile.

— Et vous la serviez quand même ! s'insurgea la policière.

Surprenant toussa.

— Donc Rosalie s'est mise à l'eau minérale. Vous l'avez vue sortir?

— Non. Mais j'ai remarqué qu'elle était tendue. Elle regardait sa montre. Elle ne semblait pas porter attention aux conversations autour d'elle.

— Quand l'avez-vous vue pour la dernière fois?

— À deux heures moins dix. Je suis certaine de l'heure.

— Autre chose?

— Ce que je vous dis est confidentiel? Pour l'incendie de l'auto, cherchez du côté de Julien Cormier. Nous autres, dans les bars, on sait quand il y a des arrivages…

Surprenant remercia la jeune femme. Avant qu'elle parte, il lui demanda si Rosalie avait fait un geste ou dit quelque chose qui avait retenu son attention. Anne-Marie Cormier réfléchit, puis murmura d'un ton hésitant:

— Quand elle a réglé ses Perrier, il y a eu un drôle de moment. Elle a tiré un vingt dollars de sa poche et elle m'a dit: « On finit toujours par payer. »

— On finit toujours par payer?

— Ce sont ses mots exacts. Elle m'a fait un petit sourire. Il s'agissait probablement d'une blague banale. En tout cas, ce sont les derniers mots qu'elle m'a adressés.

\* \* \*

Brault et Barsalou possédaient des défauts, mais on ne pouvait leur reprocher une absence de méthode.

La reconstitution progressait, par tranches de dix minutes. Une Rosalie de composition, aisément reconnaissable à ses cheveux verts, se déplaçait au gré des révélations parfois contradictoires des buveurs.

Jusqu'ici, l'exercice n'avait apporté aucun élément nouveau. La fausse Rosalie demeurait à sa table, allait aux toilettes ou au comptoir, avec la passivité d'un automate. Brault scanda : « Une heure quarante ! » Trois jeunes se levèrent et franchirent le cordon de sécurité, rejoignant les exclus qui s'agglutinaient contre la vitre. Il restait maintenant une dizaine de clients.

« Une heure cinquante ! »

Anne-Marie Cormier prononça d'une voix forte :

— Rosalie se lève et vient régler ses consommations au bar. Ensuite, elle sort par la porte arrière.

— Tout le monde est d'accord ?

Surprenant observa Mélanie Harvie et Stéphane Patton. Ils ne bronchaient pas. Barsalou demanda à Rosalie de sortir. Seul à une table du fond, Roger Decoste, un quadragénaire à lunettes rondes qu'un récent divorce avait remis en circulation, leva timidement la main. Les regards confluèrent vers lui.

— Je me souviens très bien de l'avoir vue sortir, commença-t-il d'une voix enrouée par le tabac.

— Ça, on le sait tous, monsieur, répliqua Barsalou sur un ton dont Surprenant déplora la raideur.

— Je m'en souviens parce que je suis sorti par la même porte juste après elle.

— Combien de temps après ?

— Vingt, trente secondes, pas plus. En réalité, je l'ai suivie.

— Pourquoi ?

L'homme rougit.

— J'ai pensé qu'elle avait peut-être de quoi à fumer…

— Qu'est-ce que vous avez vu ?

— Rien. Elle n'était plus là.

— Vous voulez dire qu'elle n'était pas dans la cour ?

— C'est ça. Elle était partie. Assez vite à part de ça.

— Qu'est-ce que vous avez fait ?

— J'ai pissé à côté des poubelles. À bien y penser, j'ai entendu quelque chose. Dans le noir, derrière le bureau de poste. Un petit cri aigu, bref. J'ai cru que c'était un chat.

\* \* \*

Surprenant et Geneviève Savoie sortirent par la porte arrière. Sur le gravier du stationnement, un ovale noir et des reliefs de caoutchouc brûlé marquaient l'emplacement de la Golf. Ils se rendirent à l'endroit indiqué par le témoin. À l'écart des lampadaires, isolé du chemin principal par le bureau de poste, le lieu était idéal pour une agression.

L'asphalte ne portait aucune trace de sang.

— Tu vois ce qui cloche ? demanda Surprenant.

— C'est comme une balle de tennis au milieu d'une tarte : je ne vois pas comment Rosalie pouvait avoir rendez-vous avec Damien Lapierre.

— Moi non plus. J'ai hâte de voir ce que notre ami Gingras va en tirer.

Ils reprirent le chemin du poste. Sous la pluie, dans la lumière glauque de l'après-midi d'automne, Cap-aux-Meules offrait un visage déprimant. Surprenant appela chez lui et ne trouva que le répondeur. Félix avait sans doute rejoint des amis. Dans un message empreint d'une fausse bonhomie, il détailla le conte-nu du congélateur et demanda à son fils de ne pas s'inquiéter s'il rentrait tard.

Geneviève Savoie pouffa.

— Ton fils a seize ans. Il est capable de décongeler une pizza.

— Avec lui, rien n'est certain.

— Il doit être ravi de ne pas t'avoir sur le dos. Ce n'est pas lui qui s'inquiète, c'est toi.

Surprenant observa un silence prudent. L'œil vif, la main sûre, Geneviève Savoie conduisait vite et bien. Le feu sacré de la jeunesse, pensa-t-il. Il songea à sa promenade de la veille à l'Échouerie. Comme l'eau la pierre, le temps sculptait les êtres. Était-il plus beau, plus sage, à quarante ans qu'à vingt-cinq? Il ne pou-vait le dire. Il méprisait les baby-boomers qui glori-fiaient l'âge mûr tout en s'efforçant de paraître jeunes le plus longtemps possible. Vieillir lui avait toujours paru un marché de dupes. Ce qu'on perdait en grâce ne valait jamais ce qu'on gagnait en expérience.

La grâce… La possédait-il encore? Il haussa les épau-les. Une question plus grave le taraudait. Dans quelle mesure son antipathie face à Gingras l'empêchait-elle de voir clair?

# 19

# L'étau se resserre

Dès son entrée dans le poste, Surprenant perçut les signes d'une agitation inhabituelle. Devant six journalistes et trois cameramen, Majella et Marchessault s'affairaient à tendre un drapeau de la Sûreté du Québec derrière une table de conférence encombrée de verres d'eau et de microphones.

Le lieutenant Roger Asselin, impeccable dans son uniforme des grandes occasions, recula pour apprécier la vue d'ensemble. Satisfait, il disposa discrètement la plaquette qui indiquait son nom et son grade devant le micro central et vérifia la position de son nœud de cravate.

Surprenant et Geneviève Savoie échangèrent des regards navrés puis se dirigèrent vers la salle d'interrogatoire. Gingras en sortait, la mine contrariée.

— Ça va comme vous voulez? glissa Surprenant.

Le lieutenant-détective lui décocha un regard assassin.

— De deux choses l'une: ce gars-là est un parfait idiot ou le meilleur comédien que j'aie rencontré dans ma carrière.

— Vous lui avez lu ses droits, évidemment.

— Fais pas le finaud, Surprenant! J'ai pas envie de perdre un procès à cause d'un vice de procédure! Votre réceptionniste essaie de trouver l'avocat de l'aide juridique.

Les joues empourprées par l'excitation, Majella surgit.

— Paraîtrait qu'il est parti à la pêche aux coques à Pointe-aux-Loups, lieutenant.

— Par ce temps?

— C'est un original. Je voudrais pas vous pousser dans le dos, mais les journalistes commencent à s'impatienter.

Gingras alla s'asseoir à la droite du lieutenant Asselin, qui lui laissa aussitôt la commande des opérations. À l'écart, Surprenant admira la performance de son collègue du continent. En une dizaine de minutes, d'une voix assurée, ce dernier traça un tableau circonstancié des événements. À la fin, savamment, comme s'il ne désirait pas s'en attribuer le mérite, il divulgua son punch: après quinze heures d'enquête, la Sûreté détenait un suspect. Son identité ainsi que les conclusions de l'autopsie seraient connues le lendemain.

Pendant que les techniciens des réseaux nationaux rangeaient leur matériel en vitesse, pressés d'envoyer leurs images à Montréal, et que les journalistes tentaient de lui faire avouer qu'il s'agissait de Damien Lapierre, récidiviste, Gingras condensa son exposé en anglais pour le bénéfice des lecteurs de l'Île d'Entrée et de Grosse-Île.

— Une vraie star! murmura Geneviève Savoie à l'oreille de Surprenant. Ça ne t'ennuie pas de te faire voler la vedette?

— Je vais te confier quelque chose: Gingras va regretter longtemps d'avoir fait le jars aux nouvelles de dix-huit heures.

Dans le tohu-bohu, Tremblay et Cayouette, trempés par une récente averse, revinrent de Havre-aux-Maisons. Un dénommé Cornélius Langford, célibataire, soixante-dix-sept ans, avait été trouvé raide mort à côté de son lit, à quatorze heures quinze, par un voisin venu lui emprunter une sableuse à ruban. Il paraissait être décédé de cause naturelle.

— Rien de suspect dans la maison? s'enquit distraitement Surprenant.

— Tout était en ordre, dit Tremblay. Pas de signes de violence ou de fouille. Le vieux déposait son argent à la banque, n'avait pas d'ennemis. Les lumières étaient éteintes, sauf celles des toilettes et du tambour. Pas de médicaments dans la pharmacie, sauf des capsules d'huile de phoque. La mort semblait remonter à plusieurs heures. Les ambulanciers ont amené le corps au centre hospitalier pour le constat de décès.

Vic et Rosaire firent leur entrée. Ils paraissaient fourbus, mais satisfaits de leur journée de travail. Gingras les convoqua, de même que Surprenant, dans la salle de réunion à l'arrière.

— Alors? demanda Gingras d'un ton anxieux.

— Les empreintes concordent avec les bottes de Lapierre, répondit Rosaire. C'est solide comme du roc. Les bottes ne portent pas de traces de terre rouge. Il a dû les laver et les utiliser le lendemain. À part ça, le chalet ne révèle rien.

— La Buick du voisin?

— Les empreintes de pneus et l'écartement des roues concordent avec les traces trouvées sur les lieux du crime. On a pris des échantillons de la tache de sang. Le volant portait deux séries d'empreintes. On pourra comparer avec celles des propriétaires. Par contre, il y a le problème de la banquette avant. Elle était en position avancée, comme si le dernier conducteur avait été de petite taille. J'ai vérifié avec les Petitpas : ils ne conduisent jamais avec le siège dans cette position.

— Ça ne veut pas dire grand-chose, trancha Gingras. D'autres indices ?

— On a des fibres de laine bleue sur la banquette avant. À première vue, elles pourraient correspondre à la veste de Lapierre. Le labo confirmera.

— L'étau se resserre ! claironna Gingras. Elvis ?

Vic esquissa un sourire.

— Sur les lieux du crime, le chien a suivi les traces de pas jusqu'à l'arrière du cimetière. Chez les Petitpas, il a flairé la fille dans la Buick, mais pas ailleurs. Par contre, il s'est amusé dans la Golf. Le compartiment de la roue de secours contenait une galette de haschisch. Cinq cents grammes, je dirais.

Les yeux de Surprenant s'agrandirent.

— Très intéressant ! Cinq cents grammes de hasch, ça fait quand même une jolie somme. Ça pourrait signifier que la personne qui a incendié l'auto ne savait pas que la drogue était planquée dedans.

— Sinon, elle l'aurait récupérée, convint Gingras. Je garde l'impression que cet incendie n'a rien à voir avec le meurtre.

— Ça n'a rien à voir avec Damien Lapierre, en tout cas, insinua Surprenant.

L'œil de Gingras s'alluma d'une flamme mauvaise. Il toisa Surprenant.

— Tu penses qu'il est innocent, n'est-ce pas ?

— Dans la journée, Rosalie a confié à Jacques Flaherty, un de ses profs, qu'elle avait rendez-vous avec quelqu'un. Je ne vois pas comment ce quelqu'un pouvait être Damien Lapierre.

— Elle parlait probablement de sa copine Mélanie…

— Ça me surprendrait. Comment Lapierre aurait-il tué Rosalie ? Il aurait emprunté l'auto de son oncle, se serait mis en embuscade derrière la Caverne et aurait kidnappé Rosalie, qu'il ne connaissait pas. Ensuite, il l'aurait violée, tuée et aurait déposé son corps près de la falaise au bout du chemin Boudreau ? Ça ne tient pas debout.

Un sourire éclaira le visage du lieutenant-détective Denis Gingras.

— As-tu pris le temps de lire ce que Tremblay a sorti au sujet de Lapierre ?

Gingras s'absenta un instant et revint avec le dossier tiré des archives de la police.

— Voilà. En novembre 1984, Solange Gauvreau a été enlevée après avoir quitté le bar le Don Juan à deux heures du matin. Elle a été retrouvée étranglée dans un boisé près du canal Lachine deux jours plus tard.

Surprenant ne dit mot. Rosaire émit un sifflement.

— Tu sais comment ça s'appelle, ça, Surprenant ? Un *modus operandi*.

— Je vais vous poser une question, lieutenant.

Combien de gens, aux Îles, étaient au courant de ce *modus operandi* ? Ça a dû faire la manchette de tous les journaux.

— À quoi penses-tu ? À un coup monté ?

— Pourquoi pas ? On est payés pour envisager toutes les hypothèses, non ?

— C'est beau, les hypothèses, mais ça ne convainc pas un jury. Trouve-moi des preuves et on en reparlera.

Bien qu'il bouillît intérieurement, Surprenant jugea prudent de reculer. Avant de libérer les techniciens, Gingras voulut dresser le bilan des pièces à conviction.

Rosaire sortit des feuilles de notes et des croquis d'un cartable.

— Sur les lieux du crime, mis à part ce que nous avons prélevé et n'avons pu encore examiner, il y avait cinq indices : la corde, les poils, les coquillages, les empreintes de pas et les traces de pneus.

— Rien qui appartienne à la fille ?

— Rien. Elle était nue comme un ver. En ce qui concerne la corde, il n'y a pas grand-chose à en tirer. Pas d'empreintes, évidemment. Il s'agit d'une corde de nylon jaune de six millimètres de diamètre, d'un type commun. Le brin était effiloché par endroits. Elle ne semble pas avoir été achetée récemment.

— Les nœuds ? s'informa Surprenant.

Le technicien produisit des photographies du cadavre.

— La corde était attachée au poignet gauche par un nœud qui n'est pas vraiment courant. J'ai fait le diagramme. De mémoire, je dirais que c'est un nœud de chaise. La corde était ensuite enroulée une dizaine de fois autour des poignets avant d'être fixée par deux demi-clefs.

— À ton avis, est-ce qu'il faut beaucoup de dextérité manuelle pour faire ce genre de nœuds ?

Gingras intervint :

— Où veux-tu en venir, Surprenant ?

— Vous avez remarqué les mains de Lapierre ? Elles tremblent.

Gingras rejeta l'argument :

— Essaie de prouver que ce gars-là n'est pas capable de faire un nœud ! Tu cherches n'importe quoi pour l'innocenter !

Surprenant haussa les épaules. Rosaire poursuivit son exposé.

— Les poils récupérés sur le cadavre constituent notre meilleure piste. Quant aux coquillages, ils n'offrent pas grand-chose d'intéressant, sinon qu'ils sont nettement en moins bon état que ceux que nous avons découverts chez le suspect. Les coquillages trouvés sur le corps de la victime étaient sales, pleins de sable. Certains étaient abîmés. Les coquillages exposés chez Lapierre ont été l'objet de soins maniaques. Ils ont été nettoyés et trempés dans une solution chlorée. Je crois même que Lapierre les a enduits d'un vernis protecteur.

— Qu'est-ce que tu essaies d'insinuer ? le pressa Gingras.

Le technicien s'éclaircit la gorge :

— Si j'étais un psychopathe et si je déposais des

coquillages sur le corps de mes victimes, il me semble que je choisirais les plus beaux.

— C'est discutable, maugréa Gingras.

On cogna à la porte. C'était Majella avec les résultats de l'autopsie. Gingras parcourut la télécopie avidement, marmonnant les détails. Rosalie Richard était décédée par strangulation. L'absence de saignement permettait en outre au légiste de conclure que la fracture du cou avait eu lieu après la mort de la victime.

— Pourquoi le gars lui a-t-il tordu le cou après l'avoir tuée ? demanda Vic.

— C'est un fou, affirma Gingras.

Par ailleurs, la victime portait des traces de pénétrations vaginale et anale. La présence de spermicide laissait penser que le violeur avait mis un condom. L'examen des lésions anales, d'une profondeur de vingt-deux centimètres, révélait que le viol avait eu lieu après la mort. Il n'y avait pas de traces de sperme. Les poils appartenaient à un individu de sexe masculin. Une analyse d'ADN suivrait.

Gingras ne put retenir un sourire de satisfaction.

— À part la fracture du cou, ça ressemble étrangement à l'autopsie de Solange Gauvreau. La seule différence, c'est qu'il l'avait violée *avant* de la tuer.

Il congédia Surprenant et les techniciens.

Dehors, la lumière baissait. Il pleuvait de plus belle. À l'extérieur de la salle, Surprenant aborda Rosaire et lui demanda de lui confier la corde un moment.

— Il reste des analyses à faire au labo, objecta le technicien. C'est une pièce à conviction dans une affaire de meurtre. Je ne peux pas te la laisser.

— Donne-moi au moins les photos et une copie du diagramme du nœud.

— Qu'est-ce que tu veux en tirer?

Surprenant posa sur le technicien un regard fatigué.

— À vrai dire, mon Rosaire, je le sais pas.

# 20

## La vie est dure pour les célibataires

Sous les regards de ses hommes, Surprenant sortit du poste. Il y rentra deux minutes plus tard, muni de la corde orange qui empêchait, certains jours d'affluence, l'accès au stationnement du lieutenant Asselin.

Surprenant s'enferma dans son bureau. Un mal de tête lui vrillait les tempes. Il déposa la corde sur son bureau, demanda à Majella de lui apporter un café et ouvrit un tiroir, à la recherche de ses analgésiques. Il en aligna trois sur son sous-main, tira les stores et s'allongea sur le tapis.

Il éprouvait de nouveau une impression de déjà-vu. C'était là, tout proche, au milieu des éléments disparates de l'enquête. Si elle demeurait désagréable, la sensation avait quelque chose de rassurant : il n'était pas complètement dans le noir.

Majella entra. Sans s'émouvoir de l'horizontalité du sergent, elle posa son café noir sur le bureau. D'une voix qui n'était pas dépourvue de tendresse, elle lui suggéra de se mettre au taï chi plutôt que de se gâter le sang avec des produits chimiques.

— Qu'est-ce que vous avez trouvé au sujet de Julien Cormier ? s'enquit Surprenant en se remettant debout.

Le rapport de la standardiste, truffé d'anecdotes, recélait des surprises non négligeables. Jacques Flaherty s'était présenté chez le jeune revendeur de drogue la veille vers quatorze heures. La visite avait été courte, pas plus de dix minutes. Le professeur en était sorti furieux.

— Intéressant, dit Surprenant.

— J'ai pas fini ! Un de mes neveux m'assure qu'il a vu la Mercedes de Flaherty au bout du chemin des Amoureux vers vingt et une heures hier soir.

— C'est-à-dire au moment où la Golf de Rosalie flambait.

— En plein ça. Je veux aussi vous parler d'Alcide Petitpas.

Il était de notoriété publique que le concierge, en plus d'être porté sur la chose, était un grand consommateur de matériel pornographique. Après avoir épuisé les rayons des magasins de location de vidéos locaux, il s'approvisionnait maintenant par Internet. Sa femme, dégoûtée par ses inclinations mais incapable de le quitter, avait fait une dépression l'hiver précédent.

— Des histoires de harcèlement ou d'agression ?

— Pas à ma connaissance. Des fois, avec ce genre de gibier-là, ça ressort plusieurs années plus tard. En tout cas, il paraît que son sous-sol est vraiment un endroit spécial… Martha n'ose plus y mettre les pieds.

Songeur, Surprenant sirotait son café. Il leva les yeux vers Majella.

— Est-ce que vous vous souvenez du meurtre pour lequel Damien Lapierre a été condamné ?

— Vaguement. Il a étranglé une fille à Montréal, je pense. Les gens n'étaient pas rassurés quand il est revenu aux Îles, il y a deux ans.

— Je vous remercie, Majella.

Alors qu'elle sortait, Surprenant lui demanda si elle pouvait lui indiquer quelqu'un qui s'y connaissait en nœuds.

\* \* \*

Le vent avait légèrement faibli. La pluie avait cessé. Derrière le Rocher-aux-Goélands, sous une épaisse couche de nuages, le soleil déclinait. À cent mètres du quai des pêcheurs, Surprenant trouva une petite maison à pignons de couleur moutarde, flanquée d'un potager et d'une grange. À l'écart, calé sur des barils dans le foin jaune, un bateau de pêche attendait le printemps.

Surprenant fut accueilli par une adolescente d'allure sage.

— Grand-papa? Il est en bas. Descendez. Il a un peu de misère avec les escaliers…

Au milieu d'un atelier qui fleurait la colle et le pin, dans la lumière rosée du couchant, Célestin Bourque mettait la dernière main à une roue de bateau. Avec ses sourcils chargés de sciure, ses mains puissantes greffées sur un corps tordu par l'arthrite, le vieillard ressemblait à un charpentier de caravelle.

Il avisa l'uniforme de Surprenant, puis la corde.

— Tu veux savoir de quel genre de nœud il s'agit, n'est-ce pas?

— Ça pourrait m'être utile.

Levant le menton pour améliorer sa vision, Célestin Bourque examina la pièce.

— Pour commencer, c'est du nylon de bonne qualité.

— Il ne s'agit pas de la corde originale. Je veux seulement savoir ce que vous savez de ce nœud.

— C'est un nœud de chaise. Simple, pas un nœud de chaise portugais. Plus grand monde qui sait faire ça, de nos jours…

— C'est un nœud difficile ?

— Non. C'est un vieux nœud de marine. Avec le gréement moderne, les jeunes n'ont plus besoin de ça, aujourd'hui.

— Vous pouvez affirmer que le commun des mortels ne connaît pas ce nœud ?

Le Madelinot offrit une cigarette à Surprenant, s'en alluma une en réfléchissant.

— Le commun des mortels… C'est qui, le commun des mortels ? Ce que je peux te dire, sans trop me tromper, c'est que la personne qui a fait ce nœud l'a probablement appris sur un bateau. Si on n'a pas voulu te jouer un tour, évidemment…

— Expliquez-vous.

— Je veux dire, moi, étrangler une jeunesse, je laisserais pas ma signature. À moins, hé ! hé !, de vouloir faire porter les soupçons sur le voisin. Ou sur quelqu'un de la place…

— Quelqu'un des Îles ?

— S'il y a quelque chose dont je suis sûr, monsieur le policier, c'est que c'est pas un Madelinot qui a fait ça. On a bien des défauts, mais on tue pas. Ça, on tue pas…

\* \* \*

Longeant les caps de Fatima, Surprenant prit la direction de Havre-aux-Maisons et appela Marchessault qui était de quart ce soir-là. Gingras interrogeait toujours Damien Lapierre, maintenant accompagné d'un avocat.

— Du nouveau?

— À mon avis, rien. Le gars jure qu'il a passé toute la nuit de vendredi chez lui. Son problème, c'est qu'il n'a personne pour le prouver.

— La vie est dure pour les célibataires.

La nuit tombait rapidement, révélant les stries lointaines des vagues qui se brisaient sur la Dune-du-Sud. Surprenant franchit le pont d'acier qui reliait les îles de Cap-aux-Meules et de Havre-aux-Maisons, tourna à droite après le vieux couvent et gagna le havre de Pointe-Basse.

Bien qu'on fût samedi soir, en basse saison, et que le temps fût maussade, les quais n'étaient pas déserts. Pêcheurs venus vérifier leurs amarres, fêtards couvant leur virée nocturne, vieillards descendus aux nouvelles, le port battait d'un pouls lent mais régulier. Surprenant gara sa jeep sous un lampadaire, marcha nonchalamment jusqu'au bout du quai, glissa quelques questions au sujet des sorties du *Cap-Noir*, puis alla s'asseoir sur une bitte devant le bateau de Roméo Richard.

Dix minutes plus tard, le crissement des pneus d'un pick-up Ford flambant neuf lui déchirait les tympans. Un homme de taille moyenne en descendit, vêtu d'un vieux tricot et d'un jean trop court. Sans dire un mot, il s'avança vers Surprenant, le regard mauvais, la tête de travers, comme un chasseur approchant un animal nuisible.

— Monsieur Albéni Thériault, sans doute ? railla le policier.

Les oreilles décollées de part et d'autre d'un visage osseux et sans grâce, le second du *Cap-Noir* n'avait cure de la politesse.

— Qu'est-ce que vous avez à fouiner autour de mon bateau ?

— *Ton* bateau ! Je croyais qu'il appartenait à Roméo.

— Roméo ou moi, c'est la même affaire.

— Je veux te poser quelques questions.

— Rapport à quoi ?

Surprenant laissa planer un silence. Qu'Albéni Thériault lui demande «Rapport à quoi?» le lendemain de l'assassinat de la fille de son capitaine lui semblait en soi révélateur. Loin de dissiper le malaise, le pêcheur restait muet. De toute évidence, il adoptait face à l'interrogatoire la technique du porc-épic : se hérisser en attendant que l'ennemi se lasse. Surprenant jugea bon de l'aborder par la bande.

— À propos de la mort de Réjean Richard.

— J'ai rien à voir là-dedans.

— Tu es le dernier à l'avoir vu vivant.

— On a pris quelques bières, puis je suis parti. Pour une raison que j'ai jamais comprise, ce fou-là a pris les pilules de sa mère et est allé se planter près du pont du Détroit. Ses empreintes étaient sur le flacon.

— Justement...

De grosses gouttes commencèrent à s'écraser sur la jetée.

— Encore une averse, observa Surprenant. Je peux monter à bord?

— On est très bien ici.

— Je suis certain que le bateau du maire de Havre-aux-Maisons est en règle.

— On peut aller dans votre jeep, si vous êtes douillet.

— Je suis sujet aux bronchites. Fais-moi monter ou je reviens avec un mandat de perquisition.

Devant la plupart des suspects, la simple évocation d'un mandat permettait de s'en passer. Albéni Thériault se montra plus récalcitrant. Surprenant dut réitérer sa menace, feindre de s'en aller, avant que le pêcheur lui permette de sauter à bord du *Cap-Noir*.

Le bateau, un trente-cinq pieds de fibre de verre, haut de proue, large de fesse, semblait de construction récente. Malgré quelques relents de fioul, la timonerie, garnie de bois rares et tapissée de jauges et d'écrans, dégageait une impression de richesse et de confort.

— Pose tes questions, prononça Thériault en se campant sur ses jambes.

Sur le bateau, il semblait encore plus arrogant: il était sur son terrain.

— Où étais-tu dans la nuit de jeudi à vendredi?

— J'étais quelque part, avec quelqu'un.

— Un peu vague, ça, mon Albéni.

— Disons que je faisais un tour de chaloupe sur la lagune de Cap-Rouge.

— Du homard en fraude ? Mes amis de Pêches et Océans seront contents d'apprendre ça.

— Ça leur prend des preuves. Tu sais ça mieux que moi.

— Et qui était ton quelqu'un ?

— André à Albert Poirier. Demande-lui, il te le confirmera. Mais il va m'arracher la tête, après.

— C'est tes problèmes.

Surprenant s'avança vers l'escalier qui descendait aux couchettes et à la cale. D'un mouvement leste, Thériault lui barra le chemin.

— Je te rappelle que tu n'as pas de mandat.

Les muscles bandés, l'homme semblait prêt à toute éventualité. Surprenant, excédé, lui fit une clef de bras et l'écrasa durement contre une baie de la timonerie.

— Tu me niaiseras pas longtemps, les oreilles !

— J'ai des amis dehors, Surprenant. Ils ne sont pas toujours d'adon.

Surprenant regarda sur le quai. Un duo de colosses observait la scène d'un air intéressé. Il relâcha son étreinte, saisit son portable et composa le numéro de Roméo Richard.

Une voix féminine, grave et presque goguenarde lui apprit que le maire dormait et ne voulait être dérangé sous aucun prétexte.

— C'est le sergent Surprenant qui appelle.

— Il m'a dit « sous aucun prétexte ». Vous vous organiserez avec lui plus tard.

Surprenant raccrocha. Albéni Thériault souriait. Le sergent promena un œil appréciateur sur les bois et les cuivres de la timonerie.

— Beau bateau que vous avez là ! Est-ce que je peux savoir ce que vous pêchez, en octobre ?

— Des poissons, Surprenant. Toutes sortes de poissons.

— Bonne chance, Albéni. Tu vas en avoir besoin.

# 21

# Une pincée de sarriette

Surprenant regagna sa jeep sous la pluie et les regards interrogateurs des insulaires. Il appela Marchessault au poste et lui demanda de vérifier l'alibi de Thériault auprès de son compagnon de randonnée nocturne.

— André Poirier! André Poirier! Il doit bien y en avoir dix aux Îles!

— André à Albert. Tu devrais trouver. Qui patrouille?

— Brault et Barsalou.

— Les inséparables. Envoie-les chez Julien Cormier au Havre. Enquête de voisinage: qu'est-ce que Julien a fait la nuit du meurtre et le lendemain soir? Gingras est toujours au poste?

— Oui. J'en ai une bonne. Quand Gingras a parlé du viol, le Lapierre a ouvert de grands yeux, a secoué la tête et a dit: « Ça s'peut pas! J'bande plus! »

— Gênant. Surtout que l'autopsie parlait de lésions rectales jusqu'à vingt-deux centimètres…

Marchessault observa un assez long silence, sans doute pour réaliser la conversion au système anglais, puis concéda que c'était en effet plutôt gênant.

— Quelqu'un d'autre au poste?

— Tremblay. Il cherche de l'ouvrage.

— Demande-lui de contacter la GRC. Est-ce qu'ils ont quelque chose au sujet du *Cap-Noir*?

Surprenant quitta le port et regagna le chemin de la Pointe-Basse. La nuit était tombée, abandonnant l'archipel au vent et à la pluie. Il se dirigea vers la maison de Roméo Richard. Il appela son fils. Félix clavardait dans Internet avant de rejoindre des amis à Cap-aux-Meules.

— J'ai quelque chose à te demander. Tu connais une chanson de Suroît, un truc cajun qui dit à peu près : « Qui c'est qui a coupé la liane ? »

— Tu sais, Suroît, c'est pas tellement mon style de musique… Mais je peux te la trouver.

Ses corniches se découpant sur le ciel noir, le cottage de Roméo Richard paraissait désert. Seule la cuisine projetait un rectangle de lumière laiteuse sur les saules torturés par le vent. La lumière de la porte d'entrée était éteinte. Surprenant hésita puis sonna.

Après quelques secondes, la femme aux longs cheveux entrevue la veille dans le stationnement du salon funéraire ouvrit.

— Roméo dort, dit-elle de sa voix rauque.

— Je sais. C'est à vous que je veux parler.

Le visage impénétrable, la femme le fit entrer et le guida dans la cuisine. Une agréable odeur de poisson régnait dans la pièce. Sur le comptoir, à côté d'un verre de vin blanc, des courgettes évidées attendaient d'être farcies.

— Ça sent bon, apprécia Surprenant. Qu'est-ce que vous préparez ?

— Un tchaude* au flétan. Un verre de vin ?

---

* Chaudrée ou ragoût de poisson.

Évangéline Arseneau, dite la Grande Évangéline, mesurait près de un mètre quatre-vingts. Les hanches étroites, les seins petits, elle conservait, bien qu'elle dût approcher de la cinquantaine, une silhouette d'adolescente. Elle versa un verre de chablis à Surprenant et l'invita à s'asseoir à la table.

— Vous ne me demandez pas mon nom. J'imagine que vous savez tout de moi.

Le visage, anguleux et d'une pâleur austère, était remarquable par le contraste entre les yeux, d'un bleu délavé, et les cheveux noirs.

— Je sais certaines choses. Peut-être pas les plus importantes. Vous vivez ici ?

— Depuis que Roméo est malade, je suis ici plus souvent.

— Vous avez envisagé de vous marier ?

— J'ai d'abord été sa maîtresse. Maintenant, je suis sa blonde. Je ne suis pas certaine de vouloir être son épouse. Notre relation est parfaite dans son état actuel.

Le vin était frais, légèrement fruité. La cuisine était un lieu agréable et accueillant. Surprenant se rappela la décoration exquise de l'étage. Les dehors sévères d'Évangéline Arseneau cachaient une femme chaleureuse et sensible. Une seule image jurait avec cette impression : le sourire de défi qu'elle lui avait adressé la veille en quittant le salon funéraire.

— Si ce n'est pas indiscret, connaissez-vous les dispositions du testament de votre… conjoint ?

Un sourire, d'amusement celui-là, anima les traits de la femme.

— Tout allait à Rosalie : maison, argent, bateau, permis.

— Et vous ?

— J'ai toujours su me débrouiller. Mes enfants sont élevés.

— Je me suis laissé dire qu'ils vous avaient coûté cher.

— Vous êtes bien informé, concéda l'infirmière. J'ai toujours vécu au jour le jour. Je me suis fait manger la laine sur le dos par mes fils. Si vous enquêtez à mon sujet, vous trouverez que je possède presque rien.

— Qui va hériter, maintenant que Rosalie est morte ?

— Demandez à Roméo. Il va se lever d'une minute à l'autre. Je possède un bon mobile, n'est-ce pas ?

— Excellent. Pourtant, je vous imagine mal en train de tuer votre belle-fille.

— Je le prends comme un compliment. Encore un verre ?

Surprenant tendit sa coupe.

— Comment vous entendiez-vous avec Rosalie ?

Les traits d'Évangéline Arseneau se durcirent.

— Je ne vous surprendrai pas en vous révélant qu'elle me détestait. Elle était attachée à sa mère et m'a toujours tenue responsable de sa mort. C'était injuste, évidemment. Les adolescents, malheureusement, ne sont pas doués pour les nuances.

— Comment était-elle, ces derniers mois ?

Elle alla chercher un paquet de cigarettes dans une armoire. Elle en tendit une à Surprenant, qui accepta bien qu'il ne fumât plus depuis un lustre. Elle réfléchissait.

— Elle allait mal. Plus mal que l'an dernier. Je sais qu'elle prenait de la coke. Je ne sais pas où elle trouvait l'argent. Je me demande si elle n'en devait pas à ce damné Julien…

— Quelles étaient leurs relations ?

— Ils sont sortis ensemble. Ça n'a pas duré. Il se servait d'elle, d'une façon quelconque.

— Quelque chose la tracassait ?

Évangéline Arseneau rejeta la tête en arrière. Ses yeux étaient humides. Manifestement, elle s'était déjà posé cent fois la question.

— Ce qui l'a chavirée, c'est le suicide d'Emmanuel. Elle ne s'en est jamais remise.

— C'était son cousin, je crois.

— C'était plus que son cousin. C'était son ami, son confident, son ancre. Je me suis même demandé s'ils ne couchaient pas ensemble.

— Vous dites « son ancre ». On me l'a décrit comme un jeune homme plutôt déséquilibré.

La femme exhala une épaisse colonne de fumée et secoua la tête.

— Emmanuel ! C'était le garçon le plus brillant du canton. Il avait des problèmes avec son père, comme bien des jeunes hommes. Il était paresseux, fantasque, délinquant sur les bords, mais il n'était pas un malade mental. Quand il est mort, Rosalie est restée couchée pendant deux jours. Elle a dit à son père : « C'est impossible qu'il ait fait ça sans m'en parler ! » Elle y croyait dur comme fer. Ensuite, ça a été la dégringolade. Elle a passé ses examens de fin d'année de justesse. Cet automne, elle ne faisait rien au collège.

— Ces derniers jours, vous avez remarqué un changement dans son comportement?

— En y repensant, j'ai eu l'impression qu'elle était plus fébrile, plus tendue et en même temps plus gaie. Étrange, n'est-ce pas? Après les événements, on trouve des fils conducteurs là où il n'y en a peut-être pas...

— Vous avez fouillé ses affaires?

— De fond en comble. Rien, sauf une phrase qu'elle a notée dans son agenda scolaire.

Elle disparut dans le salon et revint avec un cahier spiralé rouge. Les pages étaient constellées de dessins et de gribouillages. En gros caractères, sous la date du 30 septembre, Rosalie avait écrit, au crayon-feutre: « *I WILL GET HER! I WILL GET HER SOON!* »

— Qui est « *HER* »?

— Aucune idée. Peut-être moi...

— Qu'est-ce que vous avez fait dans la nuit de jeudi à vendredi?

— Je travaillais de seize heures à minuit à l'hôpital. Je suis rentrée directement chez moi et je me suis couchée. Parfois, j'aime me retrouver dans mes affaires.

— Vous habitez où?

— Je loue un petit appartement à Cap-aux-Meules.

— Si j'ai bien compris, vous vivez ici la plupart du temps?

Évangéline Arseneau réprima un mouvement d'irritation.

— Vous vous demandez pourquoi, ce soir-là, j'ai couché à Cap-aux-Meules plutôt qu'à Havre-aux-

Maisons ? C'est pourtant simple : il était tard, j'étais fatiguée et j'avais le goût de dormir dans mes draps, pour une fois.

— C'est bien naturel.

— Malheureusement, ça me prive d'un alibi.

— Nous n'en sommes pas là, assura Surprenant. Savez-vous ce que Roméo compte faire, maintenant que Rosalie n'est plus là ?

— Une chose est certaine, il va vendre son bateau et son permis.

— À son second ?

— Sûrement.

— Ça vaut combien, tout ça ?

— J'imagine que ça vaut au-dessus du million de dollars.

— Albéni Thériault possède cette somme ?

Évangéline Arseneau haussa les épaules. La question ne l'intéressait guère.

— J'imagine qu'il va emprunter à la banque.

Elle éteignit sa cigarette, laboura ses cheveux de sa main osseuse.

— Tantôt, Albéni m'a empêché de visiter la cabine et la cale du *Cap-Noir*. Vous savez pourquoi ?

La femme parut sincèrement surprise.

— Je n'en ai aucune idée. Je ne crois pas que Roméo serait très heureux d'apprendre ça.

— Il va souvent à bord de son bateau ?

— Depuis qu'il a appris qu'il est malade, ce n'est plus le même homme. Ce printemps, il a pêché, mais le cœur n'y était pas. Il gardait son permis pour le léguer à Rosalie.

Surprenant vida sa coupe de vin et se leva. La pluie continuait à marteler les fenêtres. Il s'approcha de la cuisinière.

— Vous permettez ? demanda-t-il en soulevant le couvercle du chaudron.

Il remua le mélange onctueux qui mijotait sous ses yeux.

— L'odeur, c'est quoi ?

— De la sarriette.

— J'aurais dû y penser. Albéni Thériault possède aussi un excellent mobile, vous ne trouvez pas ?

Le sourire que lui adressa Évangéline Arseneau était si parfait, si énigmatique, qu'il s'interrogeait encore sur son sens quand il débarqua au poste. Une autre question l'occupait. Pour quelle raison, la veille, Roméo Richard avait-il réagi quand il lui avait demandé s'il avait dormi seul ?

# 22

# Les fous n'ont jamais d'alibi

Sa corde à la main, Surprenant pénétra dans le poste d'un pas circonspect. Majella avait terminé sa journée. Le visage bleui par l'écran de son ordinateur, Marchessault frappait un rapport de son célèbre doigté bidactyle. Surprenant attira son attention d'un sifflement et fit un signe en direction de la salle d'interrogatoire. Marchessault hocha du chef, lugubre : Gingras était toujours là.

Surprenant s'approcha et, à voix basse, s'informa des développements.

— Tremblay et Geneviève sont partis conduire Lapierre à la prison du Havre. Tremblay a eu le temps de contacter les gens de la GRC. Ses questions ont semblé les mettre dans l'embarras. Ils ont fini par admettre qu'ils avaient le bateau de Roméo Richard à l'œil. Pas un mot de plus. Si tu veux mon avis, ça ne vaut pas mieux que les potins de Majella.

— Je t'interdis de dire du mal d'elle. Brault et Barsalou ?

— Ils sont à Havre-Aubert. Le samedi, à l'heure du souper, je suis certain qu'ils vont récolter de sacrées histoires.

— Trouve-moi le numéro des parents de Damien Lapierre.

— Tu devrais aller saluer le génie du continent. Il a

l'air de se demander où tu traînes.

Surprenant alla retrouver Gingras. Ses manches de chemise relevées jusqu'aux coudes, le lieutenant relisait la déposition de son témoin principal.

— André ! Assieds-toi ! Je crois que notre affaire avance bien !

Le sergent lut la déposition de Damien Lapierre, laquelle tenait en quelques phrases. Il avait passé la nuit de jeudi à vendredi chez lui, sans voir personne. Il ne connaissait pas la victime. Il n'avait jamais utilisé la voiture des Petitpas. Il avait déjà su conduire, mais n'avait plus touché un volant depuis son incarcération en 1984.

— En un mot, il nie tout, conclut Surprenant en déposant le document.

— L'important, c'est qu'il n'a pas d'alibi.

— Les fous n'ont jamais d'alibi. J'imagine que le mobile est optionnel, lui aussi.

Le visage de Gingras s'empourpra.

— Les psychopathes n'ont pas de mobile ! Ils tuent pour tuer, pour le *kick* ! Dans son cas, pour enculer une morte !

— Pas besoin de crier. J'ai les tympans sensibles. Vous voulez le mettre en accusation ?

— Dès que je posséderai l'analyse préliminaire au sujet des fibres trouvées dans l'auto des Petitpas.

— Qu'est-ce que vous avez ? Des empreintes de bottes, des traces de pneus, deux poils, quelques fibres de laine… Aucun témoin, aucun aveu, aucun mobile. Vous allez convaincre un jury avec ça ?

— *Yes, sir !* Et tu sais pourquoi ? Parce que c'est lui

le coupable ! Je ne suis pas sergent dans un trou, moi ! Je sais reconnaître un meurtrier quand j'en ai un sous les yeux !

— Je dois être myope. Je pourrais vous donner dix faits qui ne s'accordent pas à votre hypothèse.

— Vas-y, ricana Gingras en sortant une boîte de cure-dents de sa poche.

— Allons-y avec les indices matériels. D'abord, la corde. Je gagerais ma chemise que Damien Lapierre ne sait pas faire un nœud de chaise. Ensuite, la banquette de l'auto. Elle était en position avancée : l'automobile semble avoir été utilisée par une personne de petite taille.

— Qui est néanmoins capable d'assommer une fille, de la transporter sur ses épaules sur plus de trente mètres, de l'étrangler, de lui rompre le cou et de la violer.

— Parlons-en, du viol. Paraît qu'il ne bande pas. L'autopsie parle de lésions rectales jusqu'à vingt-deux centimètres : ça prend toute une quéquette. Parlons aussi du témoin.

— Quel témoin ?

— Alphée Landry. Dans le chemin Gaudet, il a failli être renversé par l'auto des Petitpas, vers deux heures du matin. Il n'a pas vu le conducteur. Croyez-vous que Damien Lapierre a la stature et la jugeote pour conduire couché sur une banquette ?

— Encore ton hypothèse du coup monté ! J'ai un conseil à te donner, Surprenant. Si tu veux sauver ta peau, t'as intérêt à prouver que tu as raison. Et vite, à part ça ! Sinon, je pourrais t'écorcher dans mon rapport final.

— Vite, ça veut dire quand ?

— Ça veut dire d'ici vingt-quatre heures. Demain soir, il y a un vol pour Mont-Joli. J'ai l'intention d'être à bord.

Menton tendu, regard impérial, Gingras enfila son imperméable et partit à la recherche d'un restaurant. Surprenant retrouva Marchessault dans la salle commune. Après l'agitation de la journée, le poste ne résonnait plus que du grésillement des néons et des ordinateurs. Le décor de la conférence de presse, les gobelets de café vides, les reliefs de fast-food paraient les lieux de l'éclat cafardeux d'une fin de fête.

Marchessault remit à Surprenant une note sur laquelle était inscrit un numéro de téléphone.

— La mère de Lapierre. Le père est mort ou disparu quelque part sur le continent. Tu veux commander quelque chose à manger ?

Surprenant fit non de la tête et composa le numéro. Il obtint une dame à demi sourde et aux abois, sans doute pieuse s'il fallait en juger par ses appels répétés à la bonne sainte Anne et au doux Jésus du saint ciel. Elle implora Surprenant de relâcher son fils avant qu'il perde le génie qui lui restait. Le sergent eut fort à faire pour obtenir une réponse à la seule question qui le préoccupât : Damien possédait-il quelque expérience des bateaux et de la navigation ?

— Damien ! Il a de la misère à embarquer sur le traversier ! Tout ce qui l'intéresse, c'est les fleurs, les vaches, les plantes et les coquillages.

— Les coquillages ?

— Il a toujours ramassé des coquillages. C'est une manie.

Après avoir vainement tenté de la rassurer, Surprenant prit congé de la vieille dame. Marchessault l'observait.

— Tu crois que ce n'est pas lui ?

— Je *sais* que ce n'est pas lui.

— En tout cas, le gars n'est pas nerveux. Il a accepté de donner des échantillons de sang pour les tests d'ADN.

— Il n'aurait pas dû. Je suis certain qu'ils vont être positifs. Si mon hypothèse se tient, les poils trouvés sur Rosalie sont les siens.

La mâchoire de Marchessault tomba, le vieillissant soudainement de dix ans.

— Un coup monté ? Tu veux dire que quelqu'un aurait prélevé des poils de pubis de Lapierre, en plus des fibres de sa veste et des empreintes de ses bottes ?

— Pourquoi pas ? Dans ce cas, le premier suspect serait…

— L'oncle Alcide.

— Tu as tout compris. Pour commencer, il faudrait que j'en sache davantage sur Lapierre.

— Tu ne veux pas manger ?

— Pas le temps.

— J'ai retracé ton André Poirier. Paraît qu'il est parti voir jouer son fils à l'aréna de Havre-aux-Maisons.

— Va lui jaser. Ça va te changer les idées.

Surprenant quitta le poste en composant le numéro de Bernard Samoisette.

# 23

# Le sous-sol de l'oncle Alcide

Surprenant demanda à son ami si sa compagne était chez lui.

— Au moment où je te parle, elle me couve de ses beaux yeux noirs. Nous en sommes au porto et aux fromages.

— Tu ne joues pas au hockey à vingt et une heures ?

— Je serai en parfaite forme, ne t'inquiète pas.

Samoisette paraissait tendu ou fatigué. Dépassant l'hôpital, Surprenant grimpa la route qui menait chez son ami. À sa droite, sur le chemin Gaudet, il distingua le chalet de Damien Lapierre et le cottage d'Alcide Petitpas. Le concierge pouvait-il avoir planifié le meurtre de Rosalie Richard de façon à incriminer son neveu ? Sans compter le cynisme, l'exécution d'un tel plan exigeait une intelligence et un sang-froid peu communs. Du point de vue de l'assassin, le coup monté demeurait une stratégie hasardeuse. Son succès reposait sur des conditions précises, difficiles à rassembler. Pour peu que la manœuvre soit éventée, qu'un grain de sable vienne enrayer le mécanisme, le coupable se trouvait exposé.

Le sac de hockey de Samoisette était près de la porte d'entrée. Une odeur de viande et d'aubergine flottait dans la maison. Le médecin accueillit Surprenant avec un enthousiasme forcé.

— Vin ou porto ? demanda-t-il.

En aparté, il lui souffla qu'Élise avait été secouée par la nouvelle de l'arrestation de Damien Lapierre. Elle le voyait régulièrement depuis sa sortie de l'Institut Pinel. *A posteriori*, elle se demandait si elle n'avait pas négligé des signes de rechute. Il avait eu beau la rassurer, elle se sentait responsable de ce qui était arrivé et redoutait la réaction de la population.

Surprenant accepta un verre de bordeaux et suivit Samoisette dans la salle à manger. Les traits tirés, les yeux ternes, Élise Morency semblait ébranlée.

— Bonsoir, André, dit-elle. Ça fait du bien de te voir. Tu as mangé ?

— Pour parler franchement, je meurs de faim. Et ça sent diablement bon.

Élise sortit de ses limbes et lui servit une costaude portion de moussaka. Un lourd silence s'installa pendant que Surprenant engouffrait son plat.

— Alors ? demanda Samoisette.

— L'enquêteur de Rimouski a embarqué Damien Lapierre.

— Sur quelles bases ?

— Certains indices matériels pointent dans sa direction.

Élise Morency s'affaissa un peu plus.

— J'ai besoin d'en savoir davantage à son sujet, continua Surprenant en se tournant vers elle.

La psychiatre hocha la tête, désemparée.

— Je suis dans une mauvaise position.

— Secret professionnel, je sais. Entre toi et moi, j'ai besoin de savoir si Lapierre a pu tuer Rosalie Richard.

Elle haussa les épaules.

— Il a tué une fois. J'imagine qu'il conservait un certain potentiel de récidive…

— Bernard m'a dit que tu avais peut-être noté quelques signes de rechute…

Élise Morency fusilla son conjoint des yeux.

— Ce que Bernard t'a dit n'a pas d'importance. Il peut y avoir procès. Que Damien ait oui ou non étranglé cette pauvre fille, je ne dois rien te révéler à son sujet.

— Élise, soupira Surprenant, je suis ton ami. Nous sommes ici entre nous. Il n'y a pas de procureur, pas d'avocat de la défense. Je veux seulement savoir si tu as remarqué quelque chose au sujet de ton patient.

Elle réfléchit quelques secondes, le regard farouche, puis secoua la tête.

— Il y a trop d'intérêts en jeu. Ce que je peux te dire, c'est que j'espère de toutes mes forces que ton enquêteur se soit trompé.

Surprenant avala une gorgée de vin. La partie était plus difficile que prévu. Tendant la main, il saisit celle, glacée, de la psychiatre.

— J'ai la conviction que Lapierre est innocent. Peux-tu m'aider ?

Un sourire illumina le visage d'Élise Morency.

— Tu crois que ce n'est pas lui ?

— J'ai de bonnes raisons de le penser. Arrête de te faire du mauvais sang. Je comprends que tu ne puisses pas me parler. Je vais demander à Lapierre de me signer un mandat donnant accès à son dossier. Si son avocat prend contact avec toi, essaie de le convaincre que c'est dans le meilleur intérêt de son client.

— Mais…

— Fais-moi confiance. Le temps presse. Je veux éviter qu'il soit mis en accusation.

— Si le meurtrier n'est pas Lapierre, qui soupçonnes-tu? intervint Samoisette.

— Quelqu'un qui possédait à la fois un mobile pour tuer Rosalie et qui avait les moyens d'incriminer Damien Lapierre. Ça ne fait pas beaucoup de monde, à mon avis.

Élise Morency, ragaillardie, poussa un soupir et alla encercler de ses bras les épaules de Samoisette.

— C'est d'accord. Tu nous tiendras au courant?

Surprenant sourit.

— Tu sais, nous avons nous aussi un code de déontologie à respecter.

* * *

Surprenant quitta ses amis à dix-neuf heures vingt. Il appela au poste. Geneviève Savoie lui répondit.

— Qu'est-ce que tu fais là? s'étonna-t-il.

— J'ai pris mon quart un peu à l'avance. J'ai pensé que tu aurais peut-être besoin de moi.

— Tu as eu une bonne idée.

— Stéphane Brault vient d'appeler. Lui et Barsalou ont questionné les garagistes à Havre-Aubert. Hier soir, vers vingt heures, Jacques Flaherty a rempli un bidon d'essence à une station de Portage-du-Cap.

— Soit une heure après la découverte du corps.

— Et une heure avant l'incendie de la Golf. Le pompiste affirme qu'il avait l'air nerveux et que le bidon était flambant neuf. Flaherty venait peut-être de l'acheter à la quincaillerie d'à côté. Ce sera à vérifier. Ensuite, il est parti en direction de Cap-aux-Meules.

— Les poètes font de piètres bandits, c'est connu. J'ai un travail pour toi. Rends-toi au Palais de justice au Havre. Obtiens de Damien Lapierre la permission de consulter son dossier médical. Contacte son avocat au besoin.

— Tu veux ça ce soir?

— Absolument. Ensuite, je veux que tu retrouves Roxane Déraspe.

— L'amie de Rosalie? Qu'est-ce que tu veux que je lui demande?

— Les liens entre Rosalie, Flaherty et Julien Cormier. Les derniers jours de Rosalie. Fie-toi à ton instinct.

Il pleuvait toujours. Surprenant s'engagea dans le chemin Gaudet et se stationna près du camion d'Alcide Petitpas. Des scellés avaient été apposés sur la Buick.

Le concierge vint lui ouvrir.

— Je peux vous aider, sergent? demanda-t-il, sa face rouge fendue d'un sourire rusé.

Il invita le policier à s'asseoir au salon. L'épouse était absente.

— J'aimerais revenir sur la nuit de jeudi à vendredi, commença Surprenant.

— La nuit du meurtre, si j'ai bien compris.

Le ton du concierge demeurait hostile. Calmement, il répéta sa déposition de la veille. Il était rentré vers vingt heures, avait bu quelques bières et s'était endormi au sous-sol en regardant le hockey.

— Habituellement, vous dormez à l'étage ?

— Ma femme et moi faisons chambre à part. Je couche en haut, dans l'ancienne chambre de mon fils. Parfois, je m'endors en bas, devant la télévision.

— Ce que vous avez fait avant-hier ?

— Je vous l'ai déjà dit. Si ça vous tracasse, j'aurais très bien pu sortir, cette nuit-là, sans que Martha en ait connaissance. Ses antidépresseurs la font dormir comme une bûche.

Alcide Petitpas, imperturbable, ne semblait nullement inquiet de son absence d'alibi.

— Damien venait souvent ici ?

— Il passe tous les jours. Il est très attaché à Martha. C'est sa marraine. Il entretient l'extérieur de la maison, s'occupe du jardin et des plates-bandes. Ça lui fait passer le temps.

— Vous, vous préférez vous rincer l'œil dans votre sous-sol.

Alcide Petitpas ne broncha pas.

— Regardez mon visage. Le médecin m'a interdit d'aller au soleil.

— Je peux visiter la maison ?

— Faites comme chez vous.

Surprenant monta à l'étage. Petitpas, effectivement, semblait avoir déménagé ses pénates dans la chambre de son fils. Dans la salle de bains, il trouva divers flacons de médicaments dont deux prescrits par Élise Morency. Sous l'œil méfiant du maître des lieux, il compta les comprimés. Martha Petitpas prenait sa médication de façon rigoureuse.

Surprenant descendit au sous-sol. Un mur séparait

l'espace en deux grandes pièces. L'une servait à la fois de chaufferie, d'atelier, de débarras et de salle de lavage. La deuxième, finie en stuc et en lambris de cèdre, et équipée d'un petit bar, constituait le royaume d'Alcide Petitpas. Derrière un téléviseur à écran plat, Surprenant dénombra deux lecteurs VHS, un DVD et un capteur satellite. Sur des tablettes, une centaine de cassettes, soigneusement numérotées, étaient alignées. Enfin, un coin de la pièce était occupé par un ordinateur.

— Vous êtes un visuel.

— Qu'est-ce que vous voulez dire ?

Sans répondre, Surprenant examina quelques cassettes. Les titres, fort évocateurs, ne laissaient planer aucun doute quant à leur contenu.

— Vous pouvez les regarder l'une après l'autre, vous n'y trouverez rien d'illégal, grogna Petitpas qui semblait s'impatienter.

Surprenant montra un rayon de rangement vide.

— Et celles qui étaient là ?

— Des films de Disney. Je ne les regardais plus souvent. Je les ai donnés à la garderie.

— Je peux ouvrir l'ordinateur ?

— Je ne connais pas grand-chose à l'informatique, mais je suis capable d'effacer un disque dur.

Surprenant hocha la tête.

— Vous vous amusez beaucoup, monsieur Petitpas. Pendant ce temps, votre neveu est au Palais de justice.

— Ils vont le relâcher. Ce n'est pas lui qui a tué la fille.

— Vous avez l'air sûr de ce que vous dites.

— Je connais Damien ! Il a assez souffert. Tout ce qu'il veut, c'est qu'on le laisse tranquille.

— Il connaissait bien la maison. Il a eu le loisir de prendre les clefs de votre auto.

— Vous perdez votre temps.

— Et vous, vous n'avez aucun alibi.

Furieux, le concierge s'avança vers Surprenant.

— J'ai répondu deux fois à vos questions. Vous n'avez rien contre moi. Vous allez me faire le plaisir de débarrasser le plancher !

Surprenant remit les cassettes en place, calmement, contourna son hôte et se dirigea vers l'escalier.

— Une dernière question, demanda-t-il en se retournant. Qui était devant le but du Canadien, jeudi ?

— Théodore. Il a même eu la première étoile.

— Vous vous êtes réveillé pour regarder la fin du match ?

De rubiconde, la face du concierge devint écarlate. Content de lui-même, Surprenant sortit en claquant la porte.

# 24

# Qui c'est qui a coupé la liane ?

La pluie avait cessé. Le vent pivotait vers le nord, révélant une lune très pâle à l'est de l'Île d'Entrée. Frissonnant, Surprenant remonta le col de sa veste en se hâtant vers sa Cherokee. Il se dirigea vers Gros-Cap et appela Marchessault.

— Des nouvelles de Gingras ?

— Non. J'ai l'impression qu'il a pris sa soirée.

— Parfait. Je saute chez moi. J'ai besoin de réfléchir.

Il trouva sa maison vide, mais en ordre. Sans doute aiguillonné par l'absence de ses parents, Félix avait rangé la cuisine, vidé le lave-vaisselle, parti une brassée de lavage et déposé, bien à la vue sur la table, un disque compact agrémenté d'un mémo.

*Je suis chez Kevin. Maman a téléphoné vers dix-neuf heures, un peu pompette. Elle s'en allait danser.*

Surprenant soupira. Sans le lui reprocher ouvertement, Maria avait toujours souffert de son manque d'inclination pour la pratique du cha-cha-cha, du rock'n'roll et de la samba, sans parler de la tarentelle. Qu'un être si doué pour la musique se montre si gourd sur un plancher de danse demeurait aux yeux de son épouse un mystère, voire un manque de bonne volonté. «Tu es un Latin, non? Pourquoi es-tu aussi raide qu'un balai?» Le sujet était devenu délicat, notamment lors des fêtes du côté Chiodini. Tapi près du bar, il y voyait sa dulcinée tournoyer dans les bras de divers bellâtres, parents ou amis de la famille. De guerre lasse, il l'invitait à danser un slow ou une valse, en se méfiant de l'orchestre qui ne se gênait pas pour embrayer subito sur des rythmes plus périlleux.

Il composa le numéro de ses beaux-parents. Il tomba sur un Giuseppe particulièrement gai. Après quelques civilités, le maçon s'enquit, d'une voix soudainement grave:

— Alors, mon gendre, comment se présente la situation?

— Quelle situation?

— Mais le meurtre, voyons! Comment il se fait que nous ne t'ayons pas vu à la télévision?

— Est-ce que Maria est là?

— Elle est en train de se pomponner. Tu devrais la voir. Une vraie reine! Parle-moi plutôt de ce meurtre.

Giuseppe et Giannina supportaient fort mal que leur fille unique, le soleil de leur vie, se morfonde sur quelques îlots de sable battus par l'Atlantique. Surprenant comprit que son beau-père espérait que la mort de Rosalie Richard lui fournirait enfin l'occasion de monter en grade et de s'installer à Montréal.

Patient, Surprenant résuma l'affaire à son beau-père, lequel, après avoir tiré sur sa cigarette, déclara: «Embarque le professeur. Ces cochons d'Irlandais, ça ne pense qu'au cul et à la bouteille!»

— Est-ce que je peux parler à Maria ?

— Elle vient de sortir. Belle comme un cœur, je te dis.

— Avec qui ?

— Avec Gino. Tu ne vas pas être jaloux de ton cousin, quand même ?

Surprenant raccrocha, à la fois irrité et soulagé. Ce dont il avait le moins besoin, ce soir-là, c'était d'une scène. Il prit une longue douche, se servit un scotch et glissa dans son lecteur le disque que lui avait laissé Félix.

La chanson qui avait amusé Rosalie Richard, quelques heures avant qu'elle soit étranglée, était d'origine cajun. Sur un sautillant rythme à deux temps, Surprenant, qui éprouvait déjà des difficultés avec l'accent des Îles, s'y trouva plongé dans un salmigondis aussi réjouissant qu'obscur. D'après ce qu'il put en comprendre, le refrain parlait d'un certain Martin et d'une liane.

*Qui c'est qui a coupé la liane*
*qui a fouetté Ti-Noé Martin ?*

« Écoute bien ça ! » En se rendant à la Caverne, Rosalie avait attiré l'attention de Mélanie Harvie. Pourquoi ? La raison n'avait sans doute aucun rapport avec le meurtre. Surprenant écouta la pièce trois fois. Une seule image éveillait une lueur dans son inconscient : la liane. Rosalie ne pouvait faire référence à la corde qui allait lui lier les poignets. Alors quoi ?

Son portable sonna. Geneviève Savoie avait obtenu

de Damien Lapierre la permission de consulter son dossier médical et retrouvé Roxane Déraspe.

— Elle garde des enfants à Étang-du-Nord. J'ai l'adresse. Elle m'attend.

— Passe chez moi. Nous irons ensemble. Ne t'arrête pas au poste.

— Tu ne veux pas que je tombe sur Gingras ?

— On ne peut rien te cacher.

\* \* \*

Ils trouvèrent Roxane Déraspe dans un bungalow de Boisville. Grande, mince, des yeux vifs dominant un visage triangulaire, elle regardait un film en compagnie d'un duo de garçonnets remuants.

— Qu'est-ce que vous me voulez ?

— Les enfants peuvent demeurer seuls quelques instants ? Nous allons nous installer dans la cuisine.

Contrairement à Mélanie Harvie, la jeune fille semblait sur la défensive. Aux premières questions de Surprenant, elle répondit de façon laconique. Les derniers jours de Rosalie ne lui avaient laissé aucun souvenir particulier.

— Et ses amours ? intervint Geneviève Savoie. Nous avons appris que Rosalie sortait avec son professeur de français.

Roxane Déraspe se cabra légèrement.

— Vous êtes au courant ?

— Rosalie avait dix-neuf ans, dit Surprenant. Elle pouvait aimer qui elle voulait, même son professeur de français.

192

— À vrai dire, c'est plutôt lui qui était amoureux d'elle. Je crois qu'elle commençait à le trouver encombrant.

— Encombrant ?

— Il était possessif. Il voulait la voir tous les jours. D'une manière détournée, il la questionnait sur ses fréquentations et ses déplacements.

— Elle voùlait rompre ? demanda Geneviève Savoie.

— Elle ne m'en a pas parlé. Mais c'était clair que ça ne pouvait pas durer. Hier encore, au cégep, Flaherty avait l'air dans tous ses états. À la fin de son cours, il m'a abordée et m'a demandé si je savais où était Rosalie.

— Elle aurait dû assister à ce cours ? s'enquit Surprenant.

— Rosalie ne manquait jamais les cours de français. Même le vendredi matin.

— Quelle heure était-il ?

— Midi. J'ai répondu à Flaherty que je ne savais pas où elle était. Quand j'ai ajouté que son père la cherchait partout, il a semblé inquiet. Il a annulé le cours qu'il devait donner l'après-midi.

Surprenant et Geneviève Savoie échangèrent un regard.

— Roxane, est-ce que Rosalie voyait encore Julien Cormier ? demanda le sergent.

Le visage de la jeune fille s'assombrit.

— Elle lui devait de l'argent.

— Pour la coke ?

— C'est ça.

— Combien ?

— Pas mal d'argent. Trois mille dollars, ou un peu plus. Elle n'avait pas les moyens de le rembourser et avait peur que son père l'apprenne. Ça la tracassait beaucoup.

— Est-ce que Julien pouvait être… dangereux ?

Roxane Déraspe haussa les épaules puis éclata en sanglots.

— Je ne sais pas… Je ne sais pas…

Les deux petits rouquins, intrigués par les pleurs de leur gardienne, firent leur apparition dans la cuisine. Surprenant se leva.

— Une dernière question, Roxane. Ces derniers jours, est-ce que Rosalie t'a laissé entendre qu'elle avait trouvé une solution à ses problèmes ?

Roxane Déraspe leva les yeux, surprise.

— Vous savez ça ?

* * *

Surprenant demanda à Geneviève Savoie de prendre le volant.

— Où va-t-on ?

— Roule au hasard, maugréa Surprenant en abaissant le dossier de son siège. J'ai besoin de réfléchir.

— Le témoignage de Roxane est plutôt intéressant, non ?

— Nous savons maintenant que Flaherty était jaloux et possessif. Hier matin, quelques heures après le meurtre de Rosalie, il la cherchait partout. Ou il est un bon acteur, ou il n'est pas coupable. De toute façon, je ne vois pas comment il aurait pu manœuvrer pour mettre le coup sur le dos de Damien Lapierre.

— Nous savons aussi que Rosalie devait de l'argent à Julien Cormier.

— Et que, vers quatorze heures hier, Flaherty est allé rencontrer Cormier chez lui à Havre-Aubert. Il lui a sûrement demandé s'il n'était pas pour quelque chose dans la disparition de Rosalie.

S'étendant sur le dos, Surprenant appela Majella Bourgeois pour obtenir le numéro de sa belle-sœur qui travaillait aux archives. La vieille fille lui fournit le renseignement, tout en lui précisant qu'il avait peu de chances de la trouver chez elle un samedi soir.

— Si vous n'avez pas de réponse, essayez chez Murphy's.

— Merci. Vous n'avez rien appris de nouveau?

— Une voisine du poète de la Grave m'a dit qu'il avait fait ses foins, aujourd'hui.

— Ses foins en octobre?

— Entre deux averses, à la tondeuse. Ça n'a pas amélioré son image dans le canton.

— Merci, Majella.

Surprenant raccrocha en ricanant. Geneviève Savoie tournait sur le chemin qui menait à Fatima.

— Alors?

— Notre ami Flaherty a sorti sa tondeuse cet après-midi.

— Louche, non?

— C'est peut-être lui qui a fait flamber la Golf, mais ce n'est pas lui qui a tué Rosalie.

— Pourquoi?

— Il n'a pas d'alibi. Le meurtre a été planifié. Le coupable, s'il est intelligent, s'est préparé un alibi.

— Et Flaherty est intelligent.

— *Yep*. Même chose pour l'oncle Alcide.

Surprenant s'allongea sur le dos et ferma les yeux. La Cherokee roulait à faible allure, ses pneus chuintant sur l'asphalte humide. La chaufferette laissait s'échapper un air tiède. À ses côtés, Geneviève Savoie répandait un discret parfum de lavande. Il se sentit submergé par un besoin de dormir, de s'abandonner au bercement de la route.

Au bout d'un temps indéfini, il fut réveillé par des cahots. La Cherokee avait quitté la route et roulait dans un chemin semé de nids-de-poule.

— Où sommes-nous ?

— À la Belle-Anse. Un peu d'air nous fera du bien.

Battue par les vents dominants, rabotée par les banquises descendues du Labrador, la côte nord de l'île de Cap-aux-Meules offrait un visage plus austère que la côte sud : une suite de hautes falaises de grès rouge, entrecoupées de grottes et de petites criques. La Belle-Anse, avec sa plage facile d'accès et son point de vue sur les caps, avait longtemps été un secret bien gardé des Madelinots. Depuis quelques années, on y avait aménagé une halte pour les autocars de touristes.

En ce samedi soir, le lieu était désert. Courbés contre le vent, Surprenant et Geneviève Savoie marchèrent vers la mer. Dans le noir, le foin de dune s'argentait sous la lune. Une affiche de bois les prévint que le cap, grugé par les marées et les glaces, pouvait s'affaisser. Malgré l'obscurité, ils distinguaient les crêtes des lames qui se ruaient contre la falaise. À leur gauche, un rocher solitaire se dressait au milieu d'un bouillonnement d'écume.

Geneviève Savoie, ses cheveux balayés révélant la finesse de son profil, admirait le déchaînement des éléments.

— Pourquoi m'as-tu emmené ici? hurla Surprenant.

Grave, la policière désigna l'océan de la tête.

— C'est un meurtre prémédité. C'est aussi un meurtre sauvage.

— Qu'est-ce que tu veux dire?

— Le coupable avait un mobile. Un mobile puissant.

André Surprenant reporta son regard sur la mer. Décoiffées par le nordet, les vagues s'empalaient avec une rage aveugle sur les échancrures de la côte. Le mobile. Certaines personnes possédaient de bonnes raisons de vouloir supprimer Rosalie Richard. De là à préméditer un crime sordide, il y avait une marge.

Geneviève Savoie glissa sur une pierre. Il la rattrapa par la main. La paume de la jeune femme était chaude, malgré l'humidité et le vent. Sans lâcher prise, il leva les yeux. Geneviève Savoie l'observait. Dans l'obscurité, il ne put lire si ses yeux exprimaient le désir ou la pitié. Elle attendait qu'il fasse un geste, qu'il libère sa main ou qu'il l'attire vers lui et l'embrasse.

Il desserra les doigts.

— Le terrain est glissant, marmonna-t-il en marchant à grandes enjambées vers la jeep.

Son portable sonna. Il se réfugia dans le véhicule. McCann, d'un ton embarrassé, lui annonça qu'il avait de mauvaises nouvelles.

— Qu'est-ce qui se passe? aboya Surprenant.

— Par hasard, j'ai ouvert la radio, pour voir si on parlait du meurtre. Je suis tombé sur les avis de décès. Cornélius Langford…

Surprenant eut l'impression que sa salive se solidifiait dans sa gorge.

— Le numéro de téléphone sur le paquet d'allumettes de Rosalie… C'était le sien. Un nom pareil, ça ne s'oublie pas.

# 25

# Cornélius et son hématome

Quand elle prit place derrière le volant de la Cherokee, Geneviève Savoie trouva son sergent dans un état voisin de la rage. Croyant que leur moment d'intimité près de la falaise en était responsable, elle voulut d'emblée remettre les pendules à l'heure.

— André, je ne veux surtout pas créer un malentendu.

— Au salon, et ça presse !

— Au salon ?

— Au salon funéraire !

Pendant qu'elle traversait l'île à toute vitesse, il la mit au courant de l'appel de McCann.

— Décidément, ce n'est pas sa journée, observa la jeune femme. Ce matin, il oublie de questionner Mélanie Harvie au sujet des clefs de Rosalie. Ce midi, il ne te fournit pas le nom de ce Cornélius…

— C'est ma faute. C'est arrivé au moment où Martha Petitpas appelait au sujet de la Buick. J'ai été déconcentré.

Dans la poche de sa veste, Surprenant retrouva le paquet d'allumettes de Rosalie. Il composa le numéro de Cornélius Langford. Évangéline Arseneau lui répondit.

— Qu'est-ce que vous faites là ? s'étonna-t-il d'un ton rogue.

— Je vous signale que Cornélius était mon oncle. Il va être exposé demain. Ma mère et moi cherchons quelque chose de convenable à lui mettre sur le dos.

— Ne touchez à rien ! Je serai là dans vingt minutes.

La Grande Évangéline parut interloquée.

— Vous ne pensez quand même pas que Cornélius a été assassiné ?

— Je n'ai pas dit ça. Ne touchez à rien et attendez-moi.

Surprenant nota l'adresse et téléphona à Marchessault au poste.

— Où sont Tremblay et Cayouette ?

— En patrouille du côté de Grosse-Île.

— Demande-leur de me rejoindre chez Cornélius Langford.

L'arrivée des policiers au salon funéraire de Cap-aux-Meules, peu après vingt et une heures, fit taire les visiteurs qui, riant et devisant à voix haute, regagnaient leurs voitures. À l'intérieur, tel un chien de berger, un jeune homme engoncé dans un complet trois-pièces rabattait les retardataires vers la sortie. Surprenant demanda, d'une voix qu'il aurait voulu moins anxieuse, à voir M. Cyr.

— Papa ? Il est en bas. Je crois qu'il finit d'en embaumer un.

Au sous-sol, Surprenant et Geneviève Savoie trouvèrent le chef croque-mort en train de nettoyer ses instruments en sifflotant *In the mood*. Sur la table, un vieillard jaunâtre, rasé et recousu, attendait qu'on daigne l'insérer dans un cercueil.

— C'est Cornélius Langford ?

— C'était. Si vous vouliez une autopsie, vous arrivez tard.

Surprenant s'approcha de la table. Barbe blanche, nez busqué, menton relevé dans un dernier geste de défi, le défunt gardait, même embaumé, un air pugnace.

— Vous avez remarqué quelque chose de particulier ? grogna Surprenant.

— Il avait un petit bleu sur le côté du crâne. Difficile à maquiller, les bleus.

Surprenant se pencha sur le corps. Des incisions à la base du cou et à l'abdomen avaient servi à évacuer les liquides et les gaz. Au-dessus de l'oreille droite, sous une couche de poudre beige, le crâne portait une ecchymose de deux centimètres de diamètre, qui semblait fraîche. Le cadavre ne montrait aucun autre signe de violence, si ce n'est une seconde ecchymose, plus discrète, dans l'aine droite.

— Et ça ? pointa Surprenant.

Euclide Cyr jeta un œil distrait sur le bleu.

— C'est l'endroit où je fais mes injections. Des fois, la veine éclate.

— Est-ce que le bleu était présent *avant* l'embaumement ?

Le croque-mort délaissa un instant ses travaux de nettoyage. Il saisissait l'importance de la question.

— Je ne sais pas… Enfin… Si j'étais tombé sur cette ecchymose avant de faire mes piqûres, je crois que je l'aurais remarquée…

Geneviève Savoie observait Surprenant. La réponse du thanatologue lui plaisait autant qu'un coup de genou dans l'entrejambe. Gris dans la lumière crue des néons, il ordonna qu'on garde le corps à sa disposition et quitta la pièce en coup de vent.

En ce samedi soir, Cap-aux-Meules avait émergé de son coma du matin et jouait à la petite ville. Des bandes d'adolescents flânaient autour du cinéma, du dépanneur et du club vidéo. Les abords des restaurants et des bars, les stationnements de la salle municipale et de l'aréna étaient encombrés de véhicules. Dans tous ces lieux, on devait ressasser les circonstances du meurtre de Rosalie Richard et les antécédents de Damien Lapierre. Surprenant crut presque entendre, submergeant les bruits de la circulation, la rumeur confuse qui montait des conversations.

Toujours au volant, Geneviève Savoie attendait, silencieuse, qu'il sorte de son mutisme.

— Je sais ce que tu penses, soupira-t-il. Je devrais appeler Gingras parce que la mort de ce Cornélius pourrait être un tournant important dans l'enquête. Je ne suis pas d'accord. Rien ne prouve que le vieux ne soit pas décédé de cause naturelle.

— Je ne suis qu'un agent. Tu vivras avec les conséquences de tes gestes.

— Merci de ta sollicitude. Cornélius Langford a été trouvé, froid et raide, vers quatorze heures. Il est probablement mort pendant la nuit. Damien Lapierre a pu faire le coup.

Dans la pénombre de l'habitacle, un sourire éclaira le visage de Geneviève Savoie.

— Tu sais très bien que ça ne cadre pas avec ce que nous savons de lui.

— En attendant, je crains que Tremblay et Cayouette n'aient bousillé ma scène de crime.

— Si tu crois qu'il s'agit d'une scène de crime, tu dois avertir Gingras.

Surprenant ne répliqua pas. Ils arrivaient à Havre-aux-Maisons. Cornélius Langford habitait une petite maison à pignons au croisement du chemin Loiseau et du chemin des Buttes. Juché sur une éminence au milieu du foin long, le bâtiment présentait un aspect négligé : les corniches et les cadres de fenêtre étaient semés de cloques de peinture, les portes d'acier exhibaient des coulées de rouille, le toit de la remise était défoncé.

La porte d'entrée s'ouvrait sur un tambour encombré de caisses de bière et de pièces de moteur. Évangéline Arseneau fumait à la table de la cuisine. À ses côtés, une petite dame grassouillette faisait une patience.

— Vous voilà enfin ! soupira Évangéline. Nous commencions à penser qu'il s'agissait d'une blague.

— Vous avez sans doute remarqué que je n'ai pas le sens de l'humour.

La mère d'Évangéline Arseneau répondait au nom de Gertrude. Surprenant examina la cuisine. Des murs recouverts de multiples couches de peinture, un comptoir bas, un évier écaillé, une cuisinière antique flanquée d'un poêle à huile, des chaises de bois bringuebalantes, une berceuse devant la fenêtre : la pièce semblait n'avoir été l'objet d'aucunes rénovations depuis les années soixante.

— M. Langford vivait seul ici ?

Évangéline Arseneau éclata de rire.

— Mon oncle était un ermite. Depuis qu'il avait cessé de naviguer, il ne sortait pas beaucoup.

— Il était marin ?

— Mécanicien de bateau. Il a longtemps travaillé sur le traversier. Il a terminé sa carrière sur le *Cap-Noir*.

De nombreuses traces de pas maculaient le prélart de la cuisine. Personne ne s'essuie les pieds chez un mort.

— Beaucoup de personnes sont venues ici ? demanda Surprenant.

D'une voix pointue, et étonnamment dénuée de tout accent, Gertrude Langford intervint.

— À part vous et votre coéquipière, j'ai compté sept personnes : René Poirier, qui a découvert le corps, les deux ambulanciers, les deux jeunes agents, Évangéline et moi-même.

— À ceux-là, il faut ajouter Cornélius et un éventuel meurtrier, renchérit Évangéline. Est-ce que je me trompe, sergent ?

— Vous allez vite en affaires. Avant toute chose, j'ai besoin de savoir pourquoi Rosalie avait noté le numéro de téléphone de Cornélius sur un paquet d'allumettes. Est-ce qu'il s'agit bien de son écriture ?

Évangéline Arseneau examina les allumettes et acquiesça. Elle semblait décontenancée.

— À ma connaissance, Rosalie n'avait aucun lien avec Cornélius. Nous étions voisins, mais il ne sortait presque jamais. Dans le canton, il était une espèce d'épouvantail.

— Pourtant, elle a inscrit son numéro de téléphone sur ce carton, insista Surprenant.

Les phares d'une auto balayèrent la pièce. Tremblay et Cayouette firent leur entrée, l'air penaud. Avec un ménagement qui l'étonna lui-même, Surprenant leur demanda de lui résumer leurs constatations de l'après-midi. Alexis Tremblay, qui se targuait de posséder une mémoire éléphantesque, dressa un rapport circonstancié. M. Cornélius Langford, soixante-dix-sept ans, avait été découvert à treize heures vingt par René Poirier, un voisin venu lui emprunter un outil. Le vieillard était étendu à côté de son lit, vêtu d'un caleçon et d'une camisole.

Surprenant entraîna la troupe dans la chambre. La pièce, contiguë à la cuisine, ne contenait qu'un lit double en fer forgé, une table de chevet et une commode bancale surmontée d'un téléviseur. Comme la cuisine, le tout semblait sale et poussiéreux.

— Où était le corps ? voulut savoir Surprenant.

Tremblay montra un espace à la droite du lit.

— Le corps avait été retourné par les ambulanciers. Selon M. Poirier, M. Langford était couché sur le côté droit. Le lit était défait. Le corps portait une petite ecchymose sur le côté droit du crâne, sans doute provoquée par une chute. Le vieux a dû avoir une attaque.

Surprenant questionna Gertrude Langford sur l'état de santé de son frère.

— Cornélius ? Il était comme un cap.

— Il ne souffrait d'aucune maladie, traduisit Évangéline.

L'agent Tremblay poursuivit son exposé. Il n'y avait pas de traces de lutte ou d'effraction, ni de reliefs de déjeuner dans la cuisine. Selon les apparences, Cornélius Langford était mort de cause naturelle pendant la nuit.

Surprenant se pencha et passa un doigt sur le plancher. Il jeta un œil sous le lit, dans la garde-robe, retourna dans la cuisine, visita l'étage et une pièce voisine qui servait d'atelier.

Il se tourna vers la sœur du défunt.

— À votre connaissance, est-ce que quelqu'un a passé le balai aujourd'hui ?

— Sûrement pas. Comme vous pouvez le constater, mon frère n'était pas regardant sur le ménage. Je suis arrivée ici en même temps que les ambulanciers. Quand ils ont amené le corps, j'ai fermé à clef. Je suis revenue ce soir avec Évangéline pour le gréer pour les funérailles. Personne n'a eu l'occasion de balayer.

— Votre frère avait-il l'habitude de verrouiller sa porte ?

— Cornélius ? Jamais de la vie !

Surprenant remercia les deux femmes. Elles s'apprêtaient à sortir quand Geneviève Savoie, qui furetait silencieusement depuis son arrivée, leur désigna un poste de radio sur une étagère.

— Un appareil à ondes courtes, si je ne me trompe pas.

— Cornélius ne naviguait plus, mais il écoutait ce que se racontaient les pêcheurs, expliqua la sœur en rosissant.

Surprenant s'approcha de la fenêtre. On y découvrait toute la Pointe-Basse. Une paire de jumelles reposait sur l'appui de la fenêtre.

— J'ai l'impression qu'il aimait aussi jeter un œil sur les alentours.

Gertrude Langford hésita, puis déclara :

— Faut pas parler en mal des morts, mais j'exagère pas en disant que mon frère passait le plus clair de son temps à fouiner derrière son carreau.

La mère et la fille quittèrent la maison. Surprenant regarda Cayouette et Tremblay.

— Quelque chose devrait vous sauter aux yeux.

Les deux agents cherchèrent en vain à discerner ce qui leur échappait. Surprenant se tourna vers sa coéquipière.

— Geneviève ?

La policière montra le plancher.

— Tout est poussiéreux, sauf le plancher de la chambre et le prélart de la cuisine. Quelqu'un est venu et a cherché à masquer ses traces.

— À mon avis, poursuivit Surprenant, le vieux a été assommé dans la cuisine et traîné dans sa chambre. Ensuite, il a été tué, puis déposé à côté de son lit pour simuler une chute ou une attaque. Si je ne me trompe pas, on devrait trouver quelque chose ici.

Le policier souleva le couvercle de la poubelle et en tira un linge souillé de poussière, de terre rouge et d'un peu de sang. Surprenant réfléchit. Le rapport de Tremblay et l'examen du corps au salon funéraire ne révélaient aucune lésion qui ait saigné, si ce n'était l'ecchymose à l'aine droite. Le doute n'était plus possible : Cornélius Langford avait été assassiné. Avant de quitter la maison, le meurtrier avait pris le temps de laver le plancher de la cuisine et de la chambre. Trouvant probablement ces précautions suffisantes ou sous-estimant la police, il avait négligé d'emporter son torchon.

Le tueur s'enhardissait.

# 26

# Négligences troublantes

Tandis qu'il composait le numéro de l'émissaire du Bureau des enquêtes criminelles de Rimouski, André Surprenant n'entretenait aucune illusion sur le sort qui l'attendait : il allait être mis en pièces, au figuré et peut-être au propre. Il écarta l'appareil de son oreille, ce qui ne l'empêcha pas de grimacer sous un « Gingras ! » tonitruant.

Au milieu des échos d'une musique sirupeuse, que Surprenant crut être celle du bar du Madeli Inn, le lieutenant lui ordonna, en un minimum de mots, de lui expliquer pourquoi il le dérangeait à cette heure. Informé des circonstances du trépas de Cornélius Langford, Denis Gingras sombra dans un silence de mauvais augure, puis maugréa :

— En un mot, tout ce qui rattache ce vieux à Rosalie Richard, c'est un numéro de téléphone sur un paquet d'allumettes ?

— Ça, et le fait qu'il habitait à deux cents mètres de chez elle.

— C'est mince, Surprenant. En plus, tu n'as aucune preuve qu'il a été assassiné. Ton torchon, ça ne vaut pas grand-chose.

— La coïncidence est quand même troublante. Je fais venir les techniciens ?

— Si ça t'amuse. Demande une autopsie, on ne sait

jamais. Rendez-vous demain à huit heures au poste.

Surprenant déposa le combiné et adressa un sourire aux trois agents qui attendaient le résultat de la communication.

— Gingras nous donne carte blanche.

— *Yes!* échappa Geneviève Savoie.

Surprenant ordonna à Tremblay et à Cayouette de passer l'étage au peigne fin. Quand ils furent montés, il demanda à Geneviève de lui remettre le mandat signé par Damien Lapierre.

— Tu veux visiter les archives ce soir? s'étonna-t-elle.

— Ce sera plus tranquille.

— Gingras est plus brillant que ça. Il te tend un piège.

— C'est ce qu'on verra. Veille à ce que les deux autres ne fassent pas trop de gaffes. Les techniciens vont se pointer d'ici une demi-heure.

— Tu me tiens au courant?

— Je t'appellerai avant minuit.

Il sortit. Le vent fraîchissait de nouveau. Perchés sur la remise, trois corbeaux méditaient gravement. Surprenant fit le tour de la maison et étudia les divers points de vue qu'elle offrait sur les environs. De retour dans la jeep, il emprunta le chemin Loiseau et s'arrêta chez Roméo Richard.

Le pêcheur de crabes vint ouvrir.

— Le *seygent!* grommela-t-il avec mauvaise humeur.

— Je peux entrer?

Richard le conduisit à la cuisine. La pièce sentait toujours le poisson. Le rez-de-chaussée du cottage était sombre et silencieux, si ce n'était du bruit caractéristique d'une conduite d'eau.

— Vous m'excuserez si je ne suis pas descendu tantôt, reprit le maire sur un ton plus aimable. Évangéline m'avait fait prendre une de ses damnées pilules. Vous apportez des nouvelles?

— Plutôt des questions, j'en ai peur.

Roméo Richard parut surpris.

— Vous avez arrêté Damien Lapierre. Ce n'est pas votre homme?

— Beaucoup de détails restent à éclaircir dans cette affaire.

Richard s'assit à la table de la cuisine. La veille encore imposant, le pêcheur semblait occuper moins de volume dans l'espace. Il hocha la tête.

— Je croyais que mon chagrin s'adoucirait quand on aurait trouvé le coupable. Je me trompais. Ça ne change rien.

— Monsieur Richard, je voudrais d'abord vous parler de Cornélius Langford.

— Cornélius! Cornélius! Qu'est-ce que vous voulez que j'en fasse, du Cornélius!

— J'ai des raisons de croire qu'il a été assassiné.

— Évangéline m'a raconté ça. Si vous voulez mon avis, vous êtes tombé sur la tête.

— À votre connaissance, Rosalie a-t-elle parlé à Cornélius dans les dernières semaines?

— Non. Cornélius était un vieux malcommode. Il ne frayait avec personne, surtout pas avec une jeune à la dérive comme Rosalie.

— Sa sœur Gertrude m'a dit qu'il avait déjà navigué sur le *Cap-Noir*.

Roméo Richard releva la tête.

— Qu'est-ce que vous voulez insinuer ?

— Peut-être savait-il des choses qu'il aurait dû ignorer.

— Albéni m'a dit que vous êtes allé le relancer sur le bateau. Où voulez-vous en venir ?

La Grande Évangéline apparut, les cheveux mouillés, en robe de chambre.

— Décidément, sergent, on est dus pour se rencontrer ! Trois fois dans la même soirée !

— Je n'en ai que pour une minute.

De sa poche, Surprenant tira le trousseau de clefs de Rosalie. Roméo Richard fronça les sourcils.

— Vous avez trouvé ça sur elle ?

— Chez son amie Mélanie.

Surprenant isola la vieille clef brune.

— À moins que je me trompe, cette clef devrait ouvrir votre hangar.

Sous le regard attentif de sa conjointe, Roméo Richard, perplexe et silencieux, enfila des bottes de caoutchouc et une veste de cuir et sortit en compagnie du policier. Dents serrées, penchés contre les rafales, ils franchirent les trente mètres qui séparaient la maison du hangar. Recouvert de vinyle, spacieux, muni d'une haute porte coulissante, relié à la route par une entrée asphaltée, l'entrepôt semblait bien entretenu.

— Temps de chien ! grogna le pêcheur.

Il s'immobilisa devant la porte latérale. La clef brune du trousseau de Rosalie permit d'ouvrir un impressionnant cadenas. En pénétrant dans le bâtiment, Surprenant fut assailli par une odeur complexe, mélange d'humidité, de cordages, de pétrole et de poisson pourri.

Roméo Richard alluma une série de néons et frotta l'une contre l'autre ses larges mains. Le hangar comportait un vaste espace central entouré d'un établi et de piles de casiers à crabes soigneusement numérotés.

— Qu'est-ce que vous croyez trouver ici, sergent ?

— Je ne m'attends pas à découvrir grand-chose. Je veux surtout savoir pourquoi votre fille et Julien Cormier en possédaient la clef.

— Julien Cormier !

— Le *pusher* du Havre. Je voudrais aussi savoir pourquoi on a retrouvé un demi-kilo de haschisch dans le compartiment arrière de l'auto de votre fille.

Roméo Richard, bras ballants, semblait abasourdi.

— Savez-vous ce qui se passe sur votre bateau, capitaine Richard ?

— Certainement ! affirma le pêcheur sur un ton qui suggérait le contraire.

— Au cours des prochains jours, nous aurons le temps de revenir là-dessus. Ce soir, je voulais être seul avec vous pour vous poser une dernière question.

Le pêcheur, découragé, s'assit sur un casier.

— Hier matin, vous avez eu une drôle de réaction quand je vous ai demandé si vous étiez seul à la maison la nuit du meurtre.

— C'est possible. Je ne me sentais pas dans mon assiette.

— Où était Évangéline, cette nuit-là ?

— Elle a dormi chez elle à Cap-aux-Meules. Ça lui arrive souvent.

— Pourquoi avez-vous eu cette réaction, hier matin ?

Roméo Richard haussa les épaules.

— Elle ne m'avait pas averti, avant de partir travailler à l'hôpital, qu'elle n'allait pas rentrer.

— Habituellement, elle le fait ?

— Toujours. Je suis rendu comme une vieille femme. Je dors mal et je m'inquiète pour des niaiseries. Cette nuit-là, je me suis réveillé à deux heures. Je me suis aperçu que ni Évangéline ni Rosalie n'étaient à la maison. Je me suis fait du sang de cochon jusqu'aux aurores.

— Pourquoi ne m'avez-vous pas dit ça, hier matin ?

— J'ai pensé que ce n'était pas important.

« Raconte ça à d'autres ! » pensa Surprenant en abandonnant le pêcheur au milieu de son gréement.

# 27

# Archives

À vingt-deux heures trente-cinq, Surprenant entra à l'hôpital par l'urgence. Il demanda à rencontrer le médecin de garde. On le présenta à une collégienne en pyjama vert, les cheveux constellés de mèches pourpres, qui mâchonnait de la gomme avec un calme désarmant. Elle était de garde depuis dix-huit heures et ne pouvait lui être d'aucun secours en ce qui concernait Cornélius Langford, dont le décès avait été constaté en après-midi. Il nota le nom de son prédécesseur et s'enquit de la localisation des archives.

Une coordonnatrice aux traits revêches s'amena et exigea de voir son mandat. Sans mot dire, elle le conduisit dans un local désert, meublé d'un côté par des bureaux et des postes informatiques, de l'autre par des étagères coulissantes. Sur une table surchargée de dossiers, un ordinateur était en marche. La coordonnatrice l'interrogea, disparut entre deux étagères et en revint avec un dossier épais de deux centimètres.

— Damien Lapierre. Il y a une petite salle de réunion à côté. Vous y serez plus à l'aise.

Surprenant s'était déjà installé à un bureau.

— Je suis très bien ici. Merci beaucoup.

La coordonnatrice parut vouloir protester puis se retira.

Maladies d'enfance, visites à l'urgence pour des

lacérations ou des grippes, les premières pages du dossier de Damien Lapierre ne contenaient rien de particulier. En 1982, à l'âge de vingt-trois ans, une première consultation pour des problèmes psychologiques : le jeune Damien n'a pas d'amis, il sort peu, passe ses journées devant le téléviseur et dort mal. Envoyé en psychologie, il ne se présente pas à ses rendez-vous.

De 1982 à 2000, aucune entrée à part un volumineux résumé de l'Institut Pinel. En décembre 1984, Damien Lapierre, qui a déménagé à Ville LaSalle, est arrêté et jugé pour le meurtre de Solange Gauvreau. S'appuyant sur une expertise psychiatrique, la défense plaide l'aliénation mentale. Le psychiatre de la poursuite soutient que Lapierre, malgré certains traits bizarres, est responsable de ses actes. Le jeune Madelinot écope de vingt ans de prison.

Sa condition se détériore rapidement en milieu carcéral. Mutisme, prostration, agressions, il développe des symptômes de psychose. En 1985, le médecin de la prison de Sainte-Anne-des-Plaines évoque pour la première fois le diagnostic de schizophrénie et s'interroge sur la condamnation. Damien Lapierre, qui multiplie les comportements dangereux, est transféré à Pinel. Son internement est chaotique. À partir de 1995, à la suite de l'introduction d'un nouveau médicament, sa condition se stabilise. En 1999, après quelques congés d'essai, il obtient sa grâce et revient aux Îles avec une ordonnance de suivi psychiatrique.

Chaque mois, Damien Lapierre se présente à ses rendez-vous. Il est d'abord vu par le docteur Sanschagrin, puis par Élise Morency. Les notes d'évolution décrivent un état stable. Damien Lapierre est ralenti, calme, détaché. Il n'a pas d'idées homicides.

Le 24 septembre 2001, la note d'Élise Morency est plus longue. Damien Lapierre se plaint d'insomnies et semble plus anxieux. Il dit avoir parfois de « mauvaises pensées », au sujet desquelles il demeure évasif. La psychiatre augmente la dose d'un médicament et fixe un rendez-vous deux semaines plus tard.

Le 9 octobre, Damien Lapierre se dit mieux. Il paraît néanmoins perplexe et agité. Élise Morency s'interroge sur son sommeil, entre en contact avec Martha Petitpas et prescrit une nouvelle médication pour dormir. Le prochain rendez-vous est prévu le 22, soit trois jours après le meurtre de Rosalie Richard.

Surprenant se massa les tempes, assailli par une sensation de fatigue. Élise Morency avait dit vrai : Damien Lapierre avait présenté des signes de décompensation dans les semaines précédant le meurtre. L'étude de son dossier, loin de l'aider, l'incriminait davantage.

Il composa le numéro de téléphone de la cousine de Majella Bourgeois et n'obtint pas de réponse. Il la dénicha chez Murphy's. Impressionnée par son grade, légèrement pompette, la femme lui expliqua le fonctionnement du système informatique du centre hospitalier. Les données médicales étaient contenues dans le dossier papier traditionnel. Les renseignements administratifs, notamment l'horaire des rendez-vous, des prélèvements sanguins, ainsi que certains résultats de laboratoire, étaient accessibles par le fichier-patient.

Surprenant la remercia et s'installa devant le terminal, tenaillé par un désagréable vertige. Ce qu'il faisait était illégal et pouvait lui valoir des sanctions devant un comité de déontologie. Après quelques tâtonnements, il découvrit le numéro de dossier de Cornélius Langford. Le document n'était pas rangé sur les étagères. Surprenant le dénicha près de l'ordinateur, parmi la pile de dossiers non classés, sans doute les patients vus pendant la journée. La note du médecin qui avait constaté le décès, brève, ne mentionnait que l'ecchymose sur le côté droit du crâne, « probablement secondaire à une chute ». L'hématome dans l'aine droite était inexistant ou était passé inaperçu. En mai 2000, Cornélius Langford s'était soumis à un examen obligatoire pour le renouvellement de son permis de conduire. Le médecin n'avait décelé aucune maladie. Le bilan sanguin était normal, de même que l'électrocardiogramme.

Surprenant poussa un soupir et entra le nom et la date de naissance de Rosalie Richard dans l'ordinateur. Un menu apparut. Il cliqua sur « Rendez-vous ».

Jacques Flaherty avait raison : Rosalie Richard avait la phobie des docteurs. En 2001, elle ne s'était présentée qu'une seule fois au centre hospitalier, le 20 septembre, pour rencontrer Élise Morency.

# 28

# Élise Morency

Les mains moites, le cœur battant, Surprenant demeura plus d'une minute figé devant l'ordinateur. Pour quelles raisons Rosalie Richard avait-elle consulté la psychiatre ? Pourquoi celle-ci le lui aurait-elle caché ? Il dénicha le dossier de la jeune fille sur une étagère marquée « Décès » et le parcourut fiévreusement. Aucune note ne faisait état d'une consultation le 20 septembre. Rosalie Richard s'était-elle présentée au rendez-vous ? Élise Morency avait-elle choisi de ne rien laisser au dossier ?

Des pas résonnèrent dans le corridor. Surprenant dissimula le dossier de Rosalie Richard et reprit celui de Damien Lapierre.

La coordonnatrice entra et le regarda d'un air suspicieux.

— Vous avez fini ?

— Ça ne devrait pas être long.

— Je termine mon quart à minuit. Je vais en profiter pour mettre un peu d'ordre ici.

Deux minutes plus tard, voyant que la coordonnatrice allait bientôt trouver le dossier de Rosalie à un endroit incongru, Surprenant remercia l'infirmière et quitta l'hôpital.

Le tableau de la Cherokee marquait vingt-trois heures vingt-neuf. Il prit la direction de la Caverne et téléphona à Geneviève Savoie. Elle répondit en l'appelant Marchessault.

— Qu'est-ce qui se passe, Geneviève ?

— Je suis au domicile de M. Langford en compagnie du lieutenant Gingras.

Surprenant poussa un sacre bien senti.

— Non, nous ne savons pas où se trouve le sergent Surprenant, reprit Savoie.

— Je m'en vais à la Caverne. Il y a du nouveau. Tu seras chez toi, cette nuit ?

— Aussitôt que nous avons terminé ici.

Il raccrocha. Gingras avait eu la puce à l'oreille et avait rappliqué chez Cornélius Langford. S'il fallait en croire Geneviève, le vieux renard avait compris qu'il tentait de le doubler. Surprenant n'avait désormais plus droit à l'erreur. Il laissa la Cherokee dans le stationnement du bureau de poste, à l'abri des regards, et pénétra dans le bar par la porte arrière.

Propulsant à l'avant-plan les accents mélancoliques de *While my guitar gently weeps*, son entrée provoqua le silence chez les quarante clients. Regroupés autour de trois tables surchargées de pichets de blonde, les Dinosaures célébraient le début de la saison. Surprenant les salua de la main et se dirigea vers le comptoir. Platon Longuépée, le poignet appuyé sur un levier de Molson, mâchouillait son cigarillo d'un air sombre.

— J'ai l'impression que vous avez perdu, observa Surprenant.

— Ces maudits Bassiniers* ! On s'est fait laver 7 à 4.

---

* Habitants du canton du Bassin, sur l'île de Havre-Aubert.

Tu nous as manqué à la défense. C'est la dernière fois que je fais jouer mon équipe le lendemain d'un meurtre !

— J'ai un service à te demander.

Platon Longuépée se pencha au-dessus du comptoir. Surprenant lui murmura quelques mots à l'oreille. Discrètement, ils procédèrent à un échange de clefs. Surprenant griffonna quelques mots sur un paquet d'allumettes et, muni d'un scotch, se dirigea vers ses coéquipiers. Les conversations se tarirent de nouveau à son approche. Les Dinosaures, comme tous les Madelinots, espéraient quelque primeur au sujet de l'affaire.

Surprenant s'assit à gauche de Samoisette. La mèche de travers, l'œil allumé, le médecin semblait d'excellente humeur.

— Toujours au travail à ce que je vois ?

Se penchant pour attacher son soulier, Surprenant glissa le paquet d'allumettes dans la poche de son ami. Il but son scotch en cinq minutes, esquivant les questions des hockeyeurs qui, découragés, se remirent bientôt à échanger des blagues et des taquineries.

Il sortit et alla se réfugier dans une antique Cadillac blanche qui empestait le tabac. Quinze minutes plus tard, Bernard Samoisette vint s'asseoir à ses côtés.

— À quoi joues-tu ? demanda le médecin.

— J'ai besoin de te parler.

— Entre quat'z'yeux, si j'ai compris.

Surprenant mit le moteur en marche et prit la direction de l'est.

— Qu'est-ce que tu fais dans l'auto de Platon ? s'étonna Samoisette.

— C'est sans importance. Je dois te poser des questions délicates. Il faut que tu me fasses confiance.

Le médecin ne répondit pas, mais Surprenant le sentit soudain méfiant et irritable. Tournant à droite, le policier se dirigea vers le débarcadère du traversier. Devant eux, éclairé par de puissants lampadaires, le *Madeleine* attendait de reprendre sa navette vers l'Île-du-Prince-Édouard.

Surprenant immobilisa la Cadillac au bout du stationnement. Les vagues, ivres de vent, éclaboussaient la jetée. À leur droite, dans le havre de pêche, les bateaux maltraitaient leurs amarres.

— Qu'est-ce que tu as fait dans la nuit de jeudi à vendredi ?

— Tu me soupçonnes ! glapit Samoisette d'une voix incrédule.

— Calme-toi ! Réponds simplement à ma question.

Réfrénant sa colère, le médecin débita :

— J'ai mis les enfants au lit, regardé les nouvelles et je me suis couché à vingt-trois heures trente.

— Seul ?

— Élise était à la maison. Elle peut me fournir un alibi, si ça t'amuse. Elle m'a réveillé au beau milieu de la nuit.

— Elle t'a réveillé ?

— Elle faisait une crise d'asthme. Ça lui arrive de temps en temps. Cette fois-là, c'en était une bonne. Elle paniquait un peu.

— Quelle heure était-il ?

— Deux heures trente.

— Tu es certain ?

— Le réveil sur la table de chevet marquait deux heures trente !

Les yeux fixés sur les camions-remorques qui encombraient le débarcadère, Surprenant se taisait. Rosalie Richard était sortie de la Caverne à une heure cinquante. À deux heures quarante, Émérentienne Leblanc entendait crisser les pneus de la Buick d'Alcide Petitpas au bout du chemin Boudreau. Élise Morency avait eu sa crise d'asthme à un moment providentiel.

— Excuse-moi de te demander ça, mais es-tu certain qu'il s'agissait d'une crise d'asthme ?

André Surprenant ne vit jamais partir le poing droit de son ami. Le crâne traversé d'une douleur fulgurante, il reprit ses esprits pour constater qu'il était fin seul dans la Cadillac. Il sortit en titubant. Dix mètres devant lui, Bernard Samoisette marchait à grandes enjambées vers le village. Surprenant voulut crier. Il n'émit qu'un grognement indistinct. Il était arrivé quelque chose à sa mâchoire. Luttant contre le vent qui menaçait de le jeter par terre, il courut, chaque pas lui déchirant les tempes, et rejoignit son assaillant, autour duquel il se mit à trépigner en désignant sa mandibule.

Samoisette, blanc de rage, lui montra de nouveau le poing.

— Une autre question au sujet d'Élise et je t'assomme !

Surprenant, la bouche grande ouverte, s'agitait toujours, à tel point que le médecin s'arrêta et prêta attention à sa victime.

— Ça ne me fait pas de peine, mais on dirait que je t'ai luxé la mâchoire…

Après s'être assuré que les os semblaient intacts, il introduisit ses deux pouces dans la bouche de Surprenant et, d'un mouvement de bascule, lui réenligna le bas du visage.

— Je pourrais t'inculper pour voie de fait sur un policier en fonction, grogna Surprenant.

— Si tu me disais ce que tu as en tête, ça éviterait ce genre d'embêtements.

— J'ai un problème, Bernard. Le 20 septembre, Rosalie Richard a rencontré Élise à l'hôpital.

— Élise soigne beaucoup de monde.

— Je vous ai vus hier. Je vous ai revus aujourd'hui. J'enquête sur la mort d'une jeune fille et la blonde de mon meilleur ami ne daigne pas m'informer qu'elle l'a reçue en consultation il y a un mois. Avoue que c'est bizarre.

Samoisette, ébranlé, enfouit ses mains dans ses poches.

— Elle est plutôt à cheval sur le secret professionnel…

— Je n'en doute pas, mais je dois la questionner.

— Passe demain matin. Il doit s'agir d'un malentendu.

— Pas demain. Tout de suite.

Seuls sur le débarcadère, les deux hommes se regardèrent longuement, puis se dirigèrent, penchés contre le nordet, vers la Cadillac de Platon Longuépée.

# 29

# L'effet du jogging sur les bronches

Dans l'auto, Samoisette appela sa compagne pour la prévenir de leur visite.

— Tu crois que c'est nécessaire ? demanda Surprenant.

— Avant que je parte pour le hockey, elle m'a dit qu'elle était crevée et qu'elle voulait se coucher de bonne heure.

Ils traversèrent Cap-aux-Meules, passèrent devant les masses cubiques du CLSC et de l'hôpital. Bien qu'il fût plus de minuit, de nombreuses automobiles, pour la plupart chargées de jeunes en goguette, circulaient toujours.

Sur sa butte battue par les vents, la maison du médecin baignait dans la pénombre. Quand ils entrèrent, ils trouvèrent Élise Morency en robe de chambre, zappant sur le canapé du salon. Les cheveux semés d'épis gris, les traits brouillés, elle semblait émerger d'un sommeil profond.

— Qu'est-ce qui se passe ? demanda-t-elle en bâillant.

— André a besoin de te parler, dit Samoisette en l'embrassant. Je vous laisse seuls…

Surprenant pria son ami de rester. Élise se leva et offrit de préparer du café. Les deux hommes refusèrent. Elle prit place dans une berçante, un genou replié sous sa robe de chambre.

— Avant d'apprendre sa mort, connaissais-tu Rosalie Richard? attaqua Surprenant.

— Oui.

Surprenant avait souvent désarçonné des suspects en leur assenant, sans préambule, au mépris des usages, la question cruciale d'un interrogatoire. Cette fois-ci, il dut admettre que sa méthode n'avait en rien entamé la placidité de son témoin. Il garda le silence, laissant à la psychiatre le soin de poursuivre.

— Je l'ai connue en mai dernier, à l'enterrement de son cousin Emmanuel.

— Tu as eu le courage de te présenter à ses funérailles?

— Pourquoi pas? La mort d'Emmanuel m'avait touchée. Pendant que je le traitais, j'avais eu l'occasion de rencontrer sa famille. Il faut démystifier la maladie mentale. Il ne m'a pas semblé déplacé d'assister au service funèbre.

— Parle-moi de Rosalie.

— Elle m'a abordée à l'extérieur de l'église. Elle était très affectée par le suicide de son cousin.

— Peux-tu me décrire la scène?

Élise soupira.

— Je me dirigeais vers mon automobile, à la fin de la cérémonie, quand elle m'a accostée. Au début, elle était plutôt agressive. Elle m'a reproché de ne pas avoir prévenu le geste d'Emmanuel. Je ne l'avais pas écouté. Je ne l'avais pas compris. Je n'avais fait que le bourrer de pilules. Les accusations habituelles, quoi.

— Quelle a été ta réaction?

— J'ai tenté de la raisonner, de la consoler. Nous avons parlé quatre ou cinq minutes. Je crois que ça lui a fait du bien. Je l'ai quittée en lui offrant de la revoir à l'hôpital pour en discuter.

— Nous rencontrons souvent les proches après un décès dramatique ou inattendu, expliqua Samoisette. C'est utile pour le processus de deuil.

Surprenant, songeur, jouait avec un petit sablier de verre qui ornait la table.

— Que s'est-il passé ensuite ? demanda-t-il en se tournant vers Élise.

— Elle m'a appelée il y a quatre ou cinq semaines.

— Soit quatre mois après la mort d'Emmanuel.

La psychiatre haussa les épaules.

— J'ai été surprise, moi aussi, par le délai. J'ai compris en la voyant. Elle voulait moins parler d'Emmanuel que d'elle-même. Elle traversait une période assez troublée. Elle consommait pas mal de drogue, fréquentait son prof de français, entretenait une guerre avec la blonde de son père. Elle ne savait plus trop où elle en était.

— Pourquoi n'as-tu pas inscrit de notes à son dossier ?

— Je ne sais pas. J'ai rencontré Rosalie à la fin d'un après-midi de consultation. Elle n'était ni suicidaire, ni déprimée, ni psychotique. C'était juste une jeune femme qui avait besoin de discuter de ses problèmes. Bernard pourra te le confirmer : beaucoup de personnes nous consultent sans que rien n'apparaisse à leur dossier. Évidemment, ce n'est pas une pratique à conseiller sur le plan légal.

Surprenant observait la psychiatre. Ses yeux s'étaient animés depuis qu'elle parlait de son travail. Détendue, sereine, elle donnait l'image d'une professionnelle en pleine possession de ses moyens. Une nouvelle fois, il éprouva, devant elle, le besoin de se confier. Il se contint.

— Pourquoi ne m'as-tu pas mis au courant de cette consultation plus tôt ?

— Je te l'ai dit cet après-midi : ce qui se passe dans mon bureau est confidentiel. J'ai un autre principe : je maintiens une cloison étanche entre ma vie personnelle et ma vie professionnelle. Ce soir, le sergent-détective André Surprenant me pose des questions précises et je lui réponds avec franchise.

— Sans transgresser, évidemment, le secret professionnel. As-tu quelque chose de plus à me révéler au sujet de Rosalie ?

— C'était une adolescente sensible, intelligente, instable, qui avait subi beaucoup de pertes. Son frère et sa mère étaient décédés à quelques années d'intervalle. Son père était atteint d'une maladie grave. Elle allait hériter d'un bateau et d'un permis de pêche qui valaient une fortune. Je lui ai conseillé de diminuer sa consommation de drogue. Sans trop d'illusions, je l'avoue.

— Comptais-tu la revoir ?

— Je le lui ai proposé. Elle m'a répondu qu'elle y réfléchirait.

Élise Morency se tut. Le fantôme de Rosalie Richard envahit la pièce. Une pluie fine déformait les lumières de Cap-aux-Meules sur la grande fenêtre.

— Un verre de porto? offrit Samoisette qui, manifestement, jugeait que l'interrogatoire avait assez duré.

— Bonne idée, dit Élise.

Changeant de sujet, Surprenant questionna la psychiatre sur les événements de la nuit de jeudi à vendredi. Elle y reprit, presque mot pour mot, la version de son conjoint. Elle s'était réveillée vers deux heures trente, en proie à une crise d'asthme. Bernard l'avait auscultée.

— Il traîne son stéthoscope dans la chambre à coucher?

— Comme mes patients, j'ai certaines zones d'ombre, confessa la psychiatre en rougissant. La sensation d'étouffer me fait paniquer. C'est irrationnel, je le sais. Cette nuit-là, j'avais besoin de sentir Bernard à mes côtés. Il m'a aidée à prendre mon bronchodilatateur, m'a rassurée et nous nous sommes rendormis.

— Jusqu'à ce que Laurence fasse son cauchemar! soupira Samoisette en revenant avec le porto.

— Ça lui arrive encore souvent? s'enquit Surprenant.

— Ça commence à se tasser. Avant-hier, elle était très agitée. Elle disait qu'elle avait vu la fée Maléfice!

— Le personnage de *La Belle au bois dormant*?

— Elle regarde trop de vidéos, dit Élise.

Elle se tourna vers Surprenant.

— As-tu consulté le dossier de Damien Lapierre?

— Oui. Je crois toujours qu'il est innocent.

— Il y a des développements?

— Je crains que oui. Un vieillard a été trouvé mort à Havre-aux-Maisons. À mon avis, il a été assassiné.

La nouvelle provoqua la stupeur chez les deux médecins. Ils bombardèrent Surprenant de questions. Il leur raconta sa visite chez Cornélius Langford en détail, en omettant de révéler que le corps avait déjà été embaumé.

Bernard Samoisette restait sceptique.

— Qu'est-ce qui te fait penser qu'il a été tué ?

— Je préfère ne pas m'avancer pour le moment. J'ai l'impression que l'autopsie nous réservera des surprises.

Élise Morency semblait abasourdie.

— Mais enfin… Quel est le rapport entre ce vieux monsieur et Rosalie ?

— Il habitait à quelques pas de chez elle. Il y avait aussi autre chose… J'ai mon idée là-dessus.

Surprenant vida son verre de porto et se dirigea vers le tambour. Ses deux amis, plutôt frustrés de la tournure de la conversation, l'accompagnèrent. Parmi les souliers rangés près du paillasson, le policier avisa une paire de chaussures de sport de petite pointure, maculées de terre.

— Tu fais toujours ton jogging, Élise ?

La psychiatre sourit.

— L'air frais, ça me dilate les bronches.

# 30

# Chez Geneviève

Surprenant regagna le chemin principal et prit la direction d'Étang-du-Nord. Minuit quinze. Il téléphona chez lui. Au bout d'une dizaine de sonneries, Félix répondit, haletant.

— Qu'est-ce que tu fabriques ? On dirait que tu viens de courir un marathon.

— J'étais… sous la douche.

Sous des échos de rap, Surprenant crut percevoir des cris et des éclats de rire.

— Je ne rentre pas coucher, Félix. Si quelqu'un me demande, tu fais l'ignorant.

— Tu dors au poste ?

— Pas exactement. Je te conterai ça.

Laissant derrière lui la centrale d'Hydro-Québec et le centre commercial, il emprunta une route de terre qui traversait la bande de forêt qui séparait les cantons de Gros-Cap et de Lavernière. Il pleuvait maintenant à verse. Il ralentit en face d'une maison de style canadien à demi cachée par des épinettes. La Toyota de Geneviève Savoie n'était pas dans la cour. Gingras devait la retenir à Havre-aux-Maisons. Avait-il commencé à la cuisiner au sujet de leur enquête parallèle ?

Surprenant roula jusqu'au camping de Gros-Cap. Il immobilisa la Cadillac devant la barrière de bois qui gardait l'entrée du site. Rattaché à l'extrémité sud de l'île de Cap-aux-Meules par un isthme boisé, le Gros-Cap dressait ses falaises de grès rouge contre l'assaut des vagues. Frémissante sous les rafales, une affiche annonçait que le camping était fermé jusqu'au printemps. Surprenant éteignit le moteur, abaissa la vitre de sa portière pour laisser pénétrer l'air de la côte. Derrière le sifflement du vent, il écouta, sourds, les coups de boutoir des lames qui s'engouffraient dans les grottes qui grugeaient le promontoire.

Un jour, dans trente ans, dans cent ans, le cap entier s'effondrerait, miné à sa base. La mer avait raison de la pierre, toujours. Ce n'était qu'une question de temps. La fatigue s'abattit sur Surprenant, comme s'il venait d'endosser un scaphandre. Il ressemblait à ce cap. Il ne possédait plus la vigueur de ses trente ans. L'âge le rongeait, avec la patience des marées. Sa rébellion contre Gingras était le soubresaut d'un esprit sénile et présomptueux. Il avait mal jaugé les risques de son insubordination. Tant face à ses hommes qu'à lui-même, il avait voulu montrer qu'il n'était pas un sergent de campagne. S'il ne prouvait pas que Gingras avait tort, il serait traduit devant un comité de déontologie. Désobéissance à un supérieur. Il écoperait d'une réprimande. La sentence, si elle ne lui valait pas une rétrogradation, le priverait à coup sûr d'avancement.

Son portable le tira de son cafard. Geneviève Savoie sortait de chez Cornélius Langford.

— Où est Gingras ?

— Je crois qu'il est retourné à l'hôtel.

— Tu as une idée de ce qu'il mijote ?

— Il est aussi jasant qu'une tombe. Tu es dans le jus, André.

— J'ai besoin de te voir, Geneviève.

— Tu penses que c'est une bonne idée ?

— Demande à Marchessault ou à McCann de te remplacer. Je serai chez toi dans vingt minutes. Arrête au poste et apporte un magnétophone de poche et le dossier d'enquête de Rosalie. Tu trouveras des photos de la scène dans mes tiroirs. Une dernière chose : essaie de dénicher le rapport concernant la mort d'Emmanuel Lafrance.

Surprenant reposa son portable. La mer mugissait sans relâche. Malgré la masse du véhicule, les ressorts de la Cadillac de Platon grinçaient sous les bourrasques. Il comprit pourquoi il se sentait si abattu : l'enquête qu'il avait amorcée avec l'enthousiasme d'un apprenti sorcier le menait vers des sentiers de moins en moins battus.

Et des conclusions de moins en moins agréables.

\* \* \*

Table de verre, planchers de bois blond, sofas de cuir prune, poêle à combustion lente, bicyclette stationnaire devant le téléviseur : le salon de Geneviève Savoie était à son image, chaud, propre et dépouillé. Sur les murs, un étalage de photographies présentait deux caractéristiques. La jeune policière y apparaissait triomphant d'un obstacle, accouchement, montagne, deuxième dan, course de fond. Son ex-mari, un consultant en informatique qui l'avait trompée avec une New-Yorkaise de passage, en était totalement absent.

— Du gin, ça fera l'affaire ? demanda Geneviève en revenant de la cuisine.

— À condition que tu m'accompagnes.

— Tu sais que je ne bois pas. Je garde cette bouteille pour la visite ou pour me fabriquer des casse-grippe.

— Tu tousses depuis hier.

— D'accord.

— Ça te dérange si je m'allonge ?

Surprenant enleva ses souliers et s'étendit sur le sofa. Elle lui servit un verre.

— Pourquoi m'as-tu demandé un magnétophone ?

— Je me fie trop à ma mémoire. Aujourd'hui, j'aurais dû enregistrer quelques interrogatoires. Tu réécoutes et, parfois, ça te donne des idées.

Il dressa un long compte rendu de son passage aux archives et de sa visite chez Bernard Samoisette et Élise Morency. La policière écarquilla les yeux.

— Tu ne les soupçonnes quand même pas ?

Était-ce le gin ou la perspective d'incriminer la conjointe de son ami ? Surprenant grimaça.

— Bernard habite à trois cents mètres de la maison des Petitpas. Élise était le médecin traitant de Damien Lapierre. Elle était dans une position pour lui faire porter le chapeau. Et Rosalie lui a rendu visite à l'hôpital un mois avant le meurtre.

— Elle n'a pas de mobile.

— Elle n'a pas de mobile *apparent*.

— De plus, elle possède un alibi en béton.

— Que lui fournit son conjoint. Je te le répète : il faut se méfier des gens qui ont des alibis.

— Tu crois que Bernard Samoisette se ferait complice d'un meurtre !

— Je ne crois rien. J'essaie de comprendre.

Ils burent en silence. Surprenant observa la jeune femme à la dérobée. Accroupie devant la table basse, les mains serrées sur son verre, elle réfléchissait, sourcils froncés, telle une enfant devant une équation. Au fil de la journée, sa tresse s'était relâchée, libérant d'épais cheveux bruns qui blondissaient dans la lumière oblique de la lampe. Geneviève Savoie, en plus de sa beauté de Diane chasseresse, possédait un don rare : elle était à la fois candide et intelligente. Pourquoi avait-il manœuvré pour se retrouver chez elle, à une heure du matin, quand son épouse était en ville ?

Il était amoureux d'elle. Comme un vieux con.

— Nous devrions tout récapituler, proposa Geneviève de sa voix grave.

— Bonne idée, dit Surprenant en se versant un deuxième verre.

Geneviève posa sur lui un regard perplexe, avant de commencer.

— Nous partons de l'hypothèse que Damien Lapierre n'est pas coupable.

— S'il l'est, nous le saurons assez tôt.

— Rosalie Richard est assassinée entre deux heures et deux heures quarante dans la nuit de vendredi. Elle a des problèmes de consommation, des dettes de coke envers Julien Cormier. À ce sujet, j'ai une question.

Rosalie allait hériter à la mort de son père de plus de un million. Pourquoi se tracassait-elle autant avec une dette de trois mille dollars?

— Roxane nous a dit ce soir que Rosalie craignait que son père soit mis au courant de ses problèmes. Ça ne me satisfait pas tout à fait. Et ça nous ramène au problème de la Golf. Continue.

— Rosalie a une liaison avec son professeur de français, Jacques Flaherty. Pas d'alibi, jaloux, possessif… Un maudit bon suspect, le prof…

Surprenant se massa les tempes.

— Comment Flaherty aurait-il mis le meurtre en scène? Il ne connaissait pas Damien Lapierre! Par contre, tout porte à croire que c'est lui qui a incendié l'auto, *après* la découverte du corps de Rosalie. Il a paniqué et a voulu effacer certains indices qui auraient pu mener jusqu'à lui.

— La galette de hasch?

— Des empreintes. L'auto allait être fouillée et passée au peigne fin. Flaherty était prêt à avouer qu'il entretenait une liaison avec Rosalie, mais il ne voulait pas que son nom soit associé à une histoire de drogue. Pour un prof, ça ne pardonne pas.

— Pourquoi n'a-t-il pas récupéré le hasch dans le compartiment arrière?

— Il se foutait du hasch, à mon avis. Cormier lui avait-il demandé de le récupérer? Je ne sais pas. Ce qui est certain, c'est que nous avons un second de bateau louche, un *dealer* qui possède les clefs du hangar du capitaine, un professeur de français amoureux et une jeune femme assassinée. Je me demande si Rosalie ne transportait pas de la drogue entre Havre-aux-Maisons et Havre-Aubert.

— Tu es tombé sur la tête.

— Julien Cormier est prudent. Il ne transporte jamais de drogue. Flaherty a dû ouvrir la porte de la Golf avant d'y répandre de l'essence. Je l'avais verrouillée, le midi, lors de ma visite à la Caverne. Roméo m'avait fourni une clef, l'autre était chez Mélanie Harvie. Flaherty devait en posséder une troisième, qu'il avait probablement obtenue de Julien Cormier l'après-midi.

— Il semble exister un lien entre Julien Cormier et le second du *Cap-Noir*.

— Possible. Je garde pourtant l'impression que ce problème nous éloigne de l'affaire. Ce meurtre est une mise en scène. La question est de savoir qui était en mesure de tuer Rosalie de façon à incriminer Damien Lapierre.

Geneviève Savoie fit la moue.

— Alcide Petitpas aurait pu planifier le coup. Il a accès à l'auto qui a servi à transporter Rosalie, aux bottes et aux vêtements de son neveu. Il est concierge à la polyvalente, qui est située dans le même complexe que le cégep. Il a pu connaître Rosalie là-bas. C'est un amateur de porno. Qui sait? Peut-être a-t-il harcelé Rosalie ou fait un geste qu'elle aurait pu dénoncer?

— Et Cornélius Langford? Quel est le rapport entre Cornélius Langford et Alcide Petitpas?

— Nous ne possédons pas la preuve que Cornélius ait été assassiné.

— Pas encore.

— Passons à Évangéline Arseneau.

— Elle ne possède pas d'alibi. La nuit du meurtre, elle a couché à Cap-aux-Meules. Pour le mobile, pas de problème : la mort de Rosalie lui ouvre la voie vers l'héritage de Roméo. Sans compter qu'elle est infirmière…

— Je ne comprends pas.

— Le bleu dans l'aine du vieux Cornélius. Quelqu'un a pu lui faire une injection…

— Si Cornélius a été assassiné, c'est qu'il savait quelque chose. Quoi ?

Surprenant émit un grognement.

— C'est ce que je me demande depuis deux heures. De sa maison, il a un point de vue privilégié sur le cottage de Roméo Richard et sur le port. Il a navigué sur le *Cap-Noir* et a pu apprendre quelque chose au sujet des combines d'Albéni Thériault.

— Albéni avait lui aussi intérêt à ce que Rosalie disparaisse. D'après ce que tu m'en as dit, il ne paraît pas très sympathique.

— De là à imaginer qu'il ait pu planifier la mort de Rosalie de cette façon… Je crois que c'est lui prêter trop d'intelligence. Nous avons oublié un fait important. Avant de quitter la Caverne, Rosalie a dit à la serveuse : « On finit toujours par payer. » Qui payait quoi à qui ?

Surprenant se leva et marcha jusqu'à la fenêtre. Les cimes des épinettes oscillaient sous le vent. La pluie semblait diminuer d'intensité.

— De sa maison, Cornélius Langford avait aussi

vue sur l'intérieur de l'île et le chemin des Buttes.

Il revint au sofa et ouvrit le dossier d'Emmanuel Lafrance.

— Emmanuel, c'est le lien entre Rosalie et Élise Morency? risqua Geneviève Savoie.

— En plein ça. De sa maison, Cornélius pouvait épier le chalet d'Emmanuel. Rosalie a été très affectée par la mort de son cousin. À partir de cet événement, sa vie a dérapé. Le 20 septembre, elle a rencontré Élise à l'hôpital. Rien n'a été consigné au dossier. Je serais très surpris que Rosalie n'ait pas de nouveau abordé le suicide d'Emmanuel.

Il sortit des photographies d'une enveloppe. Un grand jeune homme, le cou tordu, la langue tuméfiée, pendait à une poutre. À ses pieds, une chaise renversée. Les yeux étaient clos. Malgré l'ouverture de la mâchoire, le visage penché de côté, paisible, rappelait le Jésus de la *Pietà* de Michel-Ange. Un peu de sang croûté maculait la narine droite. Les clichés de la corde montraient un parfait nœud de pendu. L'enquête avait révélé que le suicidé, avant de présenter des signes de déséquilibre à l'adolescence, avait été un scout modèle.

Surprenant échappa un juron et se mit à fourrager dans le dossier de Rosalie Richard.

— Je l'ai... Je l'ai...

— Tu l'as quoi?

— Le nœud de chaise. Près du corps de Rosalie, j'ai ressenti une impression de déjà-vu. Je crois que c'était ça.

Surprenant étala côte à côte des photos des liens de

Rosalie Richard et de la corde d'Emmanuel Lafrance. Malgré la différence de grosseur des liens utilisés, il semblait assez évident que le nœud qui avait fixé la corde d'Emmanuel à la poutre du chalet et celui qui avait enserré le poignet de Rosalie étaient semblables.

Geneviève Savoie était sceptique.

— Je ne vois pas où tu veux en venir.

— Sais-tu faire un nœud de chaise, Geneviève ?

— Non.

— Moi non plus. Si j'ai compris les explications du vieux Célestin Bourque, il s'agit d'un nœud de marine.

— Nous vivons dans un pays de pêcheurs. J'imagine que beaucoup de personnes, aux Îles, savent faire un nœud de chaise.

— Pas si sûr, dit Surprenant en se versant un troisième verre de gin.

— Tu prends une brosse ou quoi ?

— J'ai besoin de me détendre.

Bien qu'il s'en rappelât presque par cœur, il lut à voix haute le rapport d'autopsie d'Emmanuel Lafrance. Le jeune homme de vingt-deux ans était mort par strangulation. La colonne cervicale n'avait pas été fracturée. Le sang montrait une alcoolémie de 0,14 et des traces de divers médicaments, qui tous étaient en la possession du jeune homme. Ces mêmes médicaments avaient été retrouvés dans l'estomac et le duodénum, à demi digérés.

— Aucune trace de lutte ou d'effraction, poursuivit Geneviève. Un poème parlant de suicide sur la table de travail. Il me semble assez clair que le gars a pris un verre, a avalé ses pilules et s'est pendu.

— Et si nous nous étions trompés ?

— Tu ne crois quand même pas qu'il a été assassiné lui aussi ?

— J'envisage tous les scénarios.

— Tu vas trop vite. Gingras te déconcentre. Tu veux tellement prouver qu'il a tort que tu bouscules les faits pour les accorder à tes hypothèses.

Surprenant se tut. Geneviève Savoie avait peut-être raison. Un enquêteur doit à la fois se montrer rigoureux et se fier à son instinct. S'était-il laissé aveugler par l'orgueil ? Au fond de lui, il croyait toujours que non.

— Je sais une chose : Damien Lapierre n'a pas tué Rosalie.

Geneviève Savoie se leva et posa sur lui un regard où il crut déceler de la pitié.

— Tu vas me dire qu'il est tard, observa-t-il d'une voix pâteuse.

— Plus de deux heures. Tu as rendez-vous avec Gingras à huit heures. Je vais te préparer un lit dans la chambre d'amis.

— Laisse. Je vais aller dormir chez moi.

— Tu n'es pas en état de conduire.

Il s'inclina. Dix minutes plus tard, Geneviève Savoie le mena à une chambre encombrée d'un ordinateur, d'un vieux téléviseur et de jouets.

— Excuse le désordre. Les garçons ont transformé la pièce en deuxième salle de jeux. Tu veux que je te réveille demain ?

— Je vais m'organiser.

Il s'assit sur le lit. Geneviève, debout près de l'embrasure de la porte, hésitait à partir.

— J'éteins ?

— S'il te plaît.

La pièce fut plongée dans la pénombre. Geneviève ne bougeait pas. Dans le noir, il leur était plus facile de parler.

— Pourquoi es-tu venu ici cette nuit ? Aux Îles, c'est assez compromettant.

— J'avais besoin de discuter de l'affaire.

— Je ne te crois pas.

Surprenant pesta intérieurement. Geneviève était aussi droite et intransigeante dans sa vie personnelle que dans son travail : elle ne tolérait aucune demi-teinte.

— Tu veux que je t'avoue que tu me plais ?

Il y eut un silence. La porte s'entrouvrit davantage.

— Ça, je le savais. C'est toujours agréable à entendre. Tu me plais aussi, mais tu as deux handicaps : tu es marié et tu es mon supérieur.

— Et tu es une fille de principes.

— Pas toi ?

Surprenant soupira.

— En vieillissant, je commence à me demander si mes principes ne servent pas qu'à camoufler mes peurs.

Après un dernier moment de flottement, Geneviève lui souhaita bonne nuit et se retira.

Surprenant se déshabilla, plutôt mécontent de lui-même. Sa soirée avec Geneviève le laissait aux prises avec des sentiments ambigus. D'un côté, il se reprochait d'avoir raté une occasion qui ne se représenterait plus ; de l'autre, il se félicitait d'avoir évité les pièges de l'adultère. À bien y penser, Geneviève et lui avaient fait preuve de sagesse.

Il se coucha sous une douillette décorée de personnages de Disney. Il se sentait épuisé, engourdi par l'alcool. Il alluma la lampe de chevet et régla sa montre-bracelet pour qu'elle sonne à six heures et demie, puis se recoucha, la tête envahie par des souvenirs de la journée.

Au bout d'une minute, il ouvrit grand les yeux dans l'obscurité. Il regarda sa montre, puis les personnages de Disney. Deux faits minuscules, auxquels il n'avait jusque-là pas prêté attention, venaient de lui traverser l'esprit. Longtemps, il demeura éveillé, fébrile, à vérifier son hypothèse.

# 31

# Asselin met ses culottes

La sonnerie du réveil tira Surprenant d'un sommeil agité. Il avait rêvé à son père. Le scénario était toujours le même. Maurice Surprenant, à la porte d'une maison inconnue, s'arrachait aux bras d'une femme à la longue chevelure noire. Il rectifiait son nœud de cravate, boutonnait sa veste aux couleurs de la O'Keefe, allumait une cigarette et se dirigeait vers son camion dont le moteur était toujours en marche. Il apercevait son fils sur le trottoir, lui souriait et, posant un doigt sur ses lèvres, lui demandait de garder le secret. Par la suite, le rêve variait. Parfois, Maurice Surprenant emmenait son fils avec lui dans le gros camion blanc. D'autres fois, il l'abandonnait au milieu de la rue.

C'était le cas en ce dimanche. Le cerveau embrumé, le cœur morose, l'estomac barbouillé par le gin, Surprenant s'habilla, fit le lit et sortit de la chambre en catimini. Dans le corridor, il tendit l'oreille. Geneviève et ses garçons semblaient dormir. Les souvenirs de sa dernière conversation avec son équipière restaient nébuleux. S'était-il rendu ridicule ?

Il récupéra les dossiers abandonnés dans le salon et quitta la maison. La température avait fraîchi depuis la veille. Le fond de l'air était sec. Il leva les yeux. La cime des épinettes s'inclinait sous un puissant vent du nord. Dans le ciel métallique, de gros cumulus fuyaient vers le Cap-Breton.

Il regagna la route 199. Malgré le temps couvert, une éclaircie s'annonçait à l'ouest. Le jour serait froid et venteux. Le bulletin de nouvelles de la radio communautaire faisait largement état de l'affaire Richard. Damien Lapierre était désormais identifié comme suspect. Surprenant éteignit la radio et dénombra les indices qui incriminaient le Madelinot : les fibres de laine sur la banquette de la Buick de son oncle, les empreintes de bottes sur les lieux du crime, les poils retrouvés sur la victime, les notes d'Élise Morency suggérant une possible récidive. De quoi faire saliver n'importe quel procureur de la Couronne.

Pourquoi s'entêtait-il à nier l'évidence ? Après quelques heures de sommeil, ses hypothèses de la veille lui semblaient le produit d'un esprit surmené. Il avait un urgent besoin de café.

Il récupéra sa jeep chez Platon, à Lavernière, et roula jusque chez lui. Trois bicyclettes étaient appuyées contre le mur du tambour. La maison, dans un désordre avancé, suggérait que Félix avait de nouveau profité de son absence pour inviter des amis. Surprenant se fraya un chemin jusqu'à la salle de bains, prit une douche et ingurgita un déjeuner costaud. Après son troisième café, il passa au salon et sortit d'un bahut le dernier album de photos familial. Il mit *On the sunny side of the street* et s'allongea face à la fenêtre.

Devant lui, la mer grise moutonnait, ébouriffée par le vent du nord. À sa gauche, le Cap-aux-Meules se dressait, verrue de granit au milieu des bâtiments du port. Près de l'hôpital, il distingua le bosquet d'épinettes qui avait abrité le corps de Rosalie Richard.

Il feuilleta l'album et en tira une photo qu'il glissa dans sa poche de chemise. La douche et le déjeuner avaient chassé ses doutes du réveil. Les idées claires, il se sentait prêt à affronter Gingras.

Il avait un plan.

* * *

Surprenant se présenta au poste à huit heures. Une surprise l'y attendait : Roger Asselin, en jean et en chandail à col roulé, lisait un rapport dans la salle commune. Il leva vers Surprenant un visage curieusement détendu.

— Bien dormi, André ?

— Comme un bébé.

— Gingras nous attend dans mon bureau.

Ils trouvèrent l'émissaire du B.E.C. examinant une photo de cormoran. Asselin invita les deux hommes à s'asseoir. L'atmosphère n'était pas à la rigolade.

Asselin prit la parole.

— Le lieutenant Gingras m'a fait part, tard hier soir, de certains… développements dans l'affaire de la jeune Richard. Pour parler franchement, André, il t'accuse de mener une enquête parallèle et de lui cacher des informations.

— Pour être plus franc encore, intervint Gingras, j'ai demandé à ce que tu sois suspendu pour insubordination.

Asselin leva les mains.

— Du calme ! Le problème est simple : vous n'abordez pas l'enquête du même angle. Le lieutenant Gingras est convaincu de la culpabilité de Damien Lapierre. Le sergent Surprenant essaie de prouver qu'il s'agit d'un coup monté. Vous êtes d'accord ?

Les deux hommes grognèrent.

— Les éléments contre Lapierre sont solides, reprit Asselin.

— Vous n'avez aucun témoin ! objecta Surprenant. Seulement des indices matériels et des preuves indirectes. Et pas de mobile.

— Et toi, qu'est-ce que tu as ? assena Gingras, très rouge.

— Moi ? J'ai un suspect. Ou plutôt une suspecte.

— Une suspecte ! s'amusa Gingras. Une suspecte qui chausse du douze, qui porte une fille de cent vingt livres sur ses épaules, qui viole, qui étrangle et qui casse des cous ! Celle-là, elle est bonne !

— Pardon, elle n'a pas violé. Elle a simulé un viol.

Asselin interrompit une nouvelle fois le débat.

— Pouvons-nous connaître le nom de cette... suspecte ?

— Élise Morency.

— La psychiatre ! s'étonna Asselin.

Passé quelques instants de stupeur, Surprenant fit le point sur les progrès de son enquête, en intégrant les éléments apportés par la mort de Cornélius Langford, sa visite aux archives de l'hôpital et l'examen des photos d'Emmanuel Lafrance. S'il s'agissait d'un coup monté, le meurtre ne pouvait avoir été commis que par quelqu'un qui connaissait intimement Damien Lapierre et qui avait accès à son chalet. Élise Morency répondait à ces deux critères.

Asselin hochait la tête.

— Mais c'est une toute petite femme !

— En excellente forme physique. Elle court, elle s'entraîne au gymnase et elle n'a pas froid aux yeux.

— Et quel était son mobile ? demanda un Gingras ironique.

— Je ne le connais pas encore. Rosalie a rencontré Élise Morency à au moins deux reprises : une fois à l'enterrement d'Emmanuel Lafrance, une autre fois à l'hôpital. Je crois que c'est avec elle qu'elle avait rendez-vous, derrière la Caverne, dans la nuit de vendredi. Mon impression est que l'histoire tourne autour d'Emmanuel Lafrance. Comment ? Je ne sais pas.

— As-tu des preuves quelconques ?

— Non.

Gingras se leva et marcha jusqu'à la fenêtre. D'une voix sourde, il martela :

— Ton histoire, c'est de la merde, Surprenant ! Tu es un amateur. J'ai été mandaté pour mener cette enquête et j'en réclame le contrôle !

Asselin s'éclaircit la voix.

— J'ai contacté Claude Lelièvre, votre supérieur à Rimouski. Nous avons discuté de votre… différend. Une suspension du sergent Surprenant nous paraît prématurée. Vous avez éprouvé des problèmes de communication qu'il est possible de régler.

— Si c'est comme ça, je sacre mon camp ! tonna Gingras.

— Ce sera *votre* décision, et non celle de vos

supérieurs, menaça Asselin. Comprenez-moi bien. Vous gardez les commandes de l'enquête et l'accès à toutes nos ressources. Le sergent Surprenant se fera un plaisir de collaborer, j'en suis certain.

— Je refuse de travailler avec lui ! cria Gingras.

Un silence se fit.

— J'ai une proposition, annonça Surprenant. Donnez-moi deux agents. D'ici quarante-huit heures, je vous livre Élise Morency.

Gingras éclata de rire, incrédule.

— Je suis d'accord avec cette proposition, trancha Asselin. À une condition : chaque jour, tu feras un rapport *complet* au lieutenant Gingras. Pas de cachotteries ! Sinon, tu écopes, et pas à peu près.

Gingras quitta la pièce en claquant la porte, provoquant chez Asselin, qui détestait le bruit, un mouvement d'épaules.

Le chef d'escouade, sourire aux lèvres, se tourna vers Surprenant.

— Tu te demandes ce qui m'arrive, André ? Cette nuit, j'ai réfléchi. Tu as des torts dans cette affaire, mais je ne peux plus sentir les manières de ce prétentieux. À partir du moment où j'ai décidé de lui tenir tête, je me suis senti curieusement bien. Je prends ma retraite dans dix-huit mois. Je n'ai plus rien à perdre ou à gagner, si ce n'est la paix de ma conscience. Tu me rends la vie facile, ici. Je te renvoie l'ascenseur. Qui veux-tu avoir avec toi ?

— Savoie et Marchessault.

— Entendu. Maintenant, explique-moi, juste pour le plaisir, comment tu comptes coincer ta psychiatre.

# 32

# Le chalet du pendu

Surprenant sortit du bureau d'Asselin. Le poste était d'un calme dominical. Il s'approcha de Barsalou.

— Où est Gingras ?

— Il est parti en coup de vent. Il était en beau fusil, si vous voulez mon impression.

— Convoque Geneviève et Marchessault à mon bureau dans une heure.

— Qu'est-ce qui se passe, sergent ?

— Botus et mouche cousue, comme diraient les Dupondt.

Surprenant s'enferma dans son bureau. Il relut au complet le dossier d'Emmanuel Lafrance et appela Majella Bourgeois.

La vieille fille répondit à la deuxième sonnerie. Surprenant pensa avec une certaine tristesse qu'elle semblait attendre son appel. Il lui demanda de lui parler d'Emmanuel Lafrance.

— Le pendu du printemps ?

— C'est ça.

— À l'époque, je vous ai dit tout ce que je savais de lui. Beaucoup de voile, pas de gouvernail. C'était un enfant gâté, manipulateur, qui n'avait pas de santé. Il prenait de la drogue, n'avait pas terminé son secondaire et était suivi en psychiatrie.

— Autre chose ?

— Je crois qu'il se disait écrivain, ou *tcheuque* affaire de même. Ça lui permettait de vornousser* aux crochets de ses parents.

— Qu'est-ce que tu sais du docteur Morency ?

— La psychiatre ? Vous la connaissez mieux que moi, elle sort avec votre ami Samoisette !

Surprenant garda le silence.

— Vous la soupçonnez ? s'enquit Majella d'un ton excité.

— Je n'ai pas dit ça.

— Les gens l'aiment beaucoup aux Îles. C'est un bon médecin qui s'occupe de son monde. Elle est un peu sauvage. On ne la voit nulle part, sauf dans le chemin. Elle court dehors, beau temps, mauvais temps. À part ça, je ne peux pas vous révéler grand-chose. Avant Samoisette, on ne lui connaissait pas d'amoureux. Depuis qu'elle est avec lui, elle est plus souriante.

— Je vous remercie, Majella. Appelez votre belle-sœur aux archives. Je veux savoir tout ce qui se raconte à l'hôpital.

— Ça risque d'être long.

— Faites le tri.

\* \* \*

Marchessault se présenta une demi-heure plus tard, rasé de près, la mine équivoque.

— Tu es beau comme un cœur, ce matin, observa

---

* S'occuper à de menues besognes.

Surprenant. Tu as rencontré « Trésor37 » ?

— Nous n'avons pas tous ta chance, André.

Surprenant se sentit pâlir.

— Qu'est-ce que tu insinues ?

— J'aime autant t'avertir. Tout le monde sait que tu n'as pas dormi chez toi hier soir.

Geneviève Savoie entra, les joues rougies par le froid, les cheveux noués dans une toque. D'une voix neutre, Surprenant invita les deux agents à s'asseoir. Geneviève était tendue. Marchessault affichait un sourire en coin. Trop prononcées, certaines qualités deviennent des défauts : la jeune femme était si franche qu'elle ne pouvait rien dissimuler.

Après avoir fait le point sur l'enquête, Surprenant leur raconta sa rencontre avec Asselin et Gingras.

— En résumé, termina-t-il, nous disposons de quelques jours pour réunir des preuves suffisantes pour faire accuser Élise Morency.

— Minute ! intervint Marchessault. Qu'est-ce qui te rend si sûr, ce matin, que c'est elle qui a fait le coup ?

— Trop d'éléments pointent dans sa direction. Elle a soigné Damien Lapierre, Martha Petitpas et Emmanuel Lafrance. Elle connaissait Rosalie, qui habitait près de chez Cornélius. Elle est médecin et peut donner des injections. Elle navigue et sait faire un nœud de chaise.

Geneviève sortit de sa réserve.

— Je n'arrive toujours pas à voir pourquoi Élise Morency aurait tué Rosalie.

— Je commence à avoir une idée là-dessus, marmonna Surprenant. Pierre, tu rends visite aux deux pharmacies.

— Aux pharmacies ?

— Un, tu demandes la liste des médicaments qu'a pris Élise Morency depuis un an, particulièrement pour le traitement de l'asthme.

— Le pharmacien refusera de me la remettre sans autorisation de la patiente.

— Tu obtiens cette autorisation. Tu demandes au pharmacien d'appeler Élise Morency ou tu te rends chez Bernard pour la faire signer.

Marchessault émit un sifflement.

— Deux, tu questionnes les commis et les caissières. Est-ce qu'Élise a acheté des condoms dans les dernières semaines ? Je crois savoir que Bernard est vasectomisé.

Surprenant lui tendit la photo qu'il avait dans sa poche. Contre un fond de vagues bleues, Élise Morency, cheveux au vent, souriante, barrait son voilier.

— Geneviève, tu enquêtes auprès des voisins de Samoisette. Est-ce que quelqu'un l'a vue sortir le soir du meurtre ? Quand fait-elle son jogging ? Je veux tout connaître de ses habitudes et de ses allées et venues des derniers jours. Si tu as le temps, tu passes les abords de la maison au peigne fin. On ne sait jamais.

Marchessault, tête de côté, observait son supérieur.

— Tu veux ferrer le poisson, c'est ça ?

Sans répondre, Surprenant congédia ses deux agents en leur donnant rendez-vous au poste à midi. Après une séance de méditation à l'horizontale, le sergent-détective appela Bernard Samoisette et le convoqua à son bureau, seul, à treize heures.

Quand Roland Lafrance et Élizabeth Richard invitèrent Surprenant à entrer dans leur maison de la Pointe-Basse, celui-ci ne put s'empêcher de songer que les endeuillés du suicide ne se remettent jamais complètement de leur épreuve. Les yeux de la femme, une blonde replète qui ressemblait à son frère Roméo, avaient acquis un reflet vitreux. Le dos de l'homme, un employé municipal à la retraite, s'était voûté.

La maison, qui avait abrité quatre enfants, était silencieuse, si ce n'était du tic-tac d'une horloge dans le salon. Après avoir offert poliment du thé ou du café, la mère d'Emmanuel Lafrance se tut. De toute évidence, la visite du policier réveillait de mauvais souvenirs.

— Je suis désolé de vous déranger ce matin, commença Surprenant. En relisant le dossier d'Emmanuel, un fait m'a intrigué. Aucun papier personnel n'a été retrouvé dans le chalet. Pourtant, il aimait écrire. Nous n'avons pas découvert de cendres dans le foyer ou dans la cour. Savez-vous ce qui est arrivé à ses notes ?

— Non, soupira la mère. Ça nous a frappés nous aussi quand nous avons fait le ménage du chalet.

— Vous n'avez rien trouvé ici ?

— Des souvenirs d'enfant. Rien de récent.

— Pas de journal, pas de lettres ?

— Je vous l'ai dit, sergent. Rien que des vieux papiers sans valeur.

Changeant de sujet, Surprenant questionna les parents au sujet de la relation entre leur fils et Élise Morency.

— Les premiers mois, il était très content, raconta la mère. Il disait qu'elle était le meilleur médecin qu'il ait eu. Par après, il a commencé à la trouver moins de son goût.

— À quel moment, plus précisément ?

— Dans le temps des phoques[*], je dirais. Emmanuel était comme ça : il se fatiguait des gens. Rien ne le rendait heureux très longtemps.

— Il ne s'est plus présenté à ses rendez-vous ?

— Il a continué à aller la voir, toutes les semaines. Aux Îles, les psychiatres, ça ne pleut pas. Un jour, il m'a dit qu'elle voulait le retourner à son médecin de famille.

— Quand ?

— Quelque part en avril, je crois.

— Excusez-moi si j'aborde un sujet difficile. Emmanuel a mis fin à ses jours le 10 mai. Après un recul de quelques mois, avez-vous une meilleure idée des raisons qui l'ont poussé à se tuer ce jour-là ?

— Pas une miette. Il ne s'était rien passé de spécial. Il nous avait même paru de bonne humeur les jours précédents.

Silencieux, Roland Lafrance, le thorax étroit sous sa veste de laine, roulait des cigarettes. Surprenant le retrouvait tel qu'il l'avait connu en mai : soit qu'il fît confiance à sa femme pour exprimer son opinion, soit qu'il fût dégoûté du langage, il n'ouvrait les lèvres que lorsqu'on l'interpellait.

— Qu'en pensez-vous, monsieur Lafrance ?

---

[*] Fin février, début mars, les phoques du Groenland sont amenés par les glaces près des côtes des Îles-de-la-Madeleine.

— Moi ? Je pense qu'il s'est passé quelque chose de spécial, justement. Mais je ne sais pas quoi.

— Votre fils fréquentait-il Cornélius Langford ?

La femme reprit le crachoir.

— Cornélius ? Pareil gibier, ça ne fréquentait personne ! Je n'ai jamais entendu Emmanuel faire allusion à lui.

Surprenant se leva et demanda à visiter une nouvelle fois le chalet.

— Nous l'avons vendu il y a un mois à des touristes, soupira Élizabeth Richard. Nous n'étions plus capables d'y mettre les pieds. On entrait et on voyait notre Manu pendu à la poutre…

Elle éclata en larmes. Sans s'émouvoir, le mari tapotait une cigarette contre son poignet tavelé et fixait le policier de ses petits yeux secs.

— À mon tour de vous poser une question, sergent Surprenant. C'est rapport à Rosalie si vous revenez nous parler d'Emmanuel ce matin ?

— Je ne sais pas. Qu'est-ce que vous en pensez ?

— J'en pense que ça fait trois morts dans le canton depuis cinq mois.

Jugeant sans doute en avoir assez dit, Roland Lafrance alluma sa cigarette.

— Et puis ? demanda Surprenant, la main sur la poignée de porte.

— Et puis ces trois morts vivaient tous près de chez Roméo.

\* \* \*

Surprenant sortit dans l'air frais d'octobre. Le soleil se frayait un chemin à travers les nuages, irisant l'herbe gorgée de pluie. En contrebas, derrière les fumoirs de hareng, le port semblait tranquille. Surprenant reprit le chemin des Buttes. Les vaches prenaient le vent, juchées au sommet des collines. Il retrouva le chalet des Lafrance et stationna dans la cour.

Avant de cogner à la porte, il perçut des bribes de Vivaldi. Il tomba sur un couple de citadins dans la cinquantaine. Le poil blanc, la chair rose, ils étaient attablés, alanguis, devant un assortiment de pain intégral, de céréales, de confitures du terroir et de suppléments alimentaires. Des traces de sciure, des odeurs de vernis suggéraient que les baby-boomers avaient entrepris de rénover leur nid.

À leur étonnement, Surprenant comprit qu'ils ignoraient tout de la mort de l'ancien occupant des lieux. Il inventa une histoire de recel et reçut la permission de visiter la maison. Il s'attarda dans la salle de séjour. La table de travail d'Emmanuel, face à la fenêtre qui dominait la Pointe-Basse, n'avait pas bougé. Un escalier étroit menait à une mezzanine ouverte. Pour une raison inconnue, la poutre qui la soutenait présentait en son centre une ouverture permettant d'y attacher une corde.

— Pendant vos travaux, avez-vous découvert des documents ? Ou noté quelque chose de particulier ?

La femme roucoula discrètement et échangea un regard avec son conjoint.

— Il y a bien le trou dans le mur de la chambre…

Ils montèrent à l'étage. La chambre principale occupait toute la surface à l'exception d'une salle de bains. L'un de ses murs était recouvert de pin.

— Regardez, dit l'homme.

À un mètre et demi de hauteur, au milieu d'une planche, un nœud de quatre centimètres de diamètre, de couleur foncée, était amovible.

— Ce qui est… amusant, ajouta la femme en rougissant, c'est que l'ouverture donne sur la garde-robe. Si on s'y installe et si on jette un œil par le trou, on découvre…

— … le lit, compléta Surprenant.

— Vous êtes certain que vous enquêtez sur une affaire de recel ? s'étonna l'homme.

— À ce que je sache, jouer au voyeur dans une résidence privée ne constitue pas un délit.

Il laissa le couple en se demandant combien de temps s'écoulerait avant qu'une remarque anodine au sujet de la mort d'Emmanuel Lafrance vienne troubler leur bonheur. Qui sait ? Les Madelinots étaient discrets. Malgré tous les soins qu'ils accordaient à leur santé, les baby-boomers auraient peut-être le temps de décéder ou de devenir gâteux avant d'apprendre qu'ils habitaient la maison d'un pendu.

# 33

# La cage

Depuis l'évolution des mentalités et l'accumulation des griefs pour discrimination ou harcèlement sexuel au sein de la Sûreté du Québec, il était devenu hasardeux, pour un agent masculin, d'émettre des commentaires sur ses collègues de l'autre sexe. À midi et dix, dans le bureau de Surprenant, Pierre Marchessault, qui n'en avait cure, déclara, en considérant la salade de légumineuses qu'avalait Geneviève Savoie, que les agents féminins se distinguaient surtout par leur propension à traîner au poste, jour après jour, des lunchs pas mangeables.

— Marchessault… Je te l'ai dit cent fois : tu n'as pas besoin de faire l'épais pour te faire aimer.

— C'est plus fort que moi.

— Mange ta poutine.

Surprenant entra.

— Comment ça se passe ?

— Ici, tu veux dire ? grogna Marchessault. D'après Majella, Gingras est au Palais de justice à Havre-Aubert. Probable qu'il cuisine Damien Lapierre.

— Parfait ! claironna Surprenant en cherchant ses analgésiques. Qu'est-ce que vous avez de votre côté ?

Après avoir interrogé tous les employés de pharmacie qu'il avait pu retracer et vérifié d'autres points de vente potentiels, Marchessault avait fait long feu avec les condoms. La liste des médicaments d'Élise Morency recélait par contre des éléments intéressants : trois semaines auparavant, la psychiatre avait acheté, pour la première fois depuis son arrivée aux Îles, un inhalateur pour le traitement de l'asthme.

— Prescrit par Bernard Samoisette ? demanda Surprenant.

— En plein ça.

— As-tu eu de la difficulté à obtenir une autorisation de la part d'Élise ?

— Le pharmacien lui a téléphoné. Une affaire de trente secondes. Elle n'a pas semblé protester.

Geneviève Savoie avait questionné les voisins de Bernard Samoisette. Élise Morency était nouvelle dans le canton. Pendant l'été, elle n'habitait chez Samoisette que les fins de semaine où il n'avait pas les enfants. Elle faisait son jogging le matin. Le reste du jour, on la voyait peu. Aucun témoin ne l'avait vue sortir le soir du crime. Une dame avait cependant noté, ces dernières semaines, que la psychiatre courait le soir plutôt que le matin.

— Transportait-elle un sac ?

— Une ceinture de coureur, avec une bouteille.

— Intéressant, dit Marchessault. Elle a changé ses habitudes.

Geneviève n'avait rien découvert de particulier, par ailleurs, aux environs de la maison de Bernard Samoisette.

Les trois policiers se partagèrent les tâches de l'après-midi. Marchessault chercherait à savoir si

Élise Morency avait reçu des paquets par la poste. Geneviève irait jeter un œil sur la maison que la psychiatre possédait toujours à Étang-du-Nord. Après avoir interrogé Bernard Samoisette, Surprenant avait rendez-vous avec le directeur des services professionnels du centre hospitalier.

— Qu'est-ce que tu espères trouver là, André? demanda Marchessault.

— Si ce que je pense est vrai, j'ai l'impression qu'il doit manquer quelques fioles dans la pharmacie de l'hôpital.

* * *

Bernard Samoisette se présenta au bureau de Surprenant à treize heures quinze, son corps dégingandé moulé dans un jean délavé et une veste de cuir. Les traits tirés, il s'affala dans un fauteuil et posa sur son ami un regard excédé.

— J'imagine que j'ai affaire, en ce dimanche après-midi, au sergent de la Sûreté?

— J'ai peur que oui.

— Tu ne trouves pas que tu pousses la blague un peu loin? Tu interroges Élise deux fois hier. Aujourd'hui, tu fouilles son dossier à la pharmacie et tu envoies une policière questionner nos voisins. La prochaine étape, ce sont les menottes?

Surprenant, stoïque, observait le médecin. Bernard Samoisette était un être entier et transparent. Apparemment, sa foi envers Élise n'avait pas été entamée par les derniers développements.

— Bernard, commença-t-il calmement, je t'ai convoqué dans ce bureau pour enquêter sur la mort de Rosalie Richard…

— Je le sais ! Me prends-tu pour un cave ?

— … ainsi que sur celles de Cornélius Langford et d'Emmanuel Lafrance.

Samoisette s'assit plus profondément dans son fauteuil, son visage marquant l'incompréhension la plus totale.

— Reportons-nous au 10 mai dernier, jour de la mort d'Emmanuel, continua Surprenant. C'était un jeudi. À cette époque, tu sortais déjà avec Élise ?

— Nous avons commencé à nous voir au début d'avril.

— Est-ce qu'Élise t'a parlé d'Emmanuel ?

— Élise a pour principe de ne pas mêler sa vie personnelle et son travail.

— Le soir de ce jeudi 10 mai, étiez-vous ensemble ?

— Si je me souviens bien, j'avais les enfants. Élise était chez elle.

— Quelle a été sa réaction à la mort d'Emmanuel ?

— Elle a été très touchée. Elle est venue passer la fin de semaine chez moi. Elle n'avait pas d'appétit, elle dormait mal, elle ne voulait pas sortir, elle se sentait responsable.

Surprenant grogna. La femme que lui décrivait Samoisette différait passablement de celle qu'il avait questionnée à l'hôpital le lendemain du suicide.

— Elle est psychiatre. Ce n'était pas la première fois qu'un de ses patients passait à l'acte.

— Paraît qu'on ne s'habitue pas.

— Tu n'as rien remarqué ces jours-là chez Élise ?

— Non. À part la réaction dont je t'ai parlé. Après trois jours, c'était terminé.

— Revenons à jeudi dernier. Décris-moi votre soirée.

Samoisette se frotta le visage de ses mains. Il semblait avoir mal dormi.

— Souper avec les enfants. Les devoirs, les leçons. Les garçons ont joué avec leur console, Laurence a regardé encore une fois *La Belle au bois dormant*.

— Élise ?

— Élise est allée courir en soirée. Je dirais de vingt à vingt et une heures.

— Ensuite ?

— Nous avons mis les enfants au lit, regardé les nouvelles et nous nous sommes couchés.

— Ton sommeil ?

— Profond. J'étais fatigué, j'avais eu un accouchement la veille.

— Tu as bu quelque chose avant de te coucher ?

— Du porto. Élise et moi avons développé une petite manie.

— Elle t'a servi ?

Bernard Samoisette leva les yeux au ciel.

— Bon sang, Surprenant ! Tu deviens paranoïaque ?

— Les policiers sont paranoïaques, c'est bien connu.

— Élise m'a servi. À deux heures trente, elle m'a réveillé, en panique, parce qu'elle faisait une crise d'asthme.

— Décris-moi la scène le plus fidèlement possible.

— Je dormais profondément. Elle m'a secoué. Elle était assise sur le bord du lit, les mains appuyées sur les genoux, penchée en avant, et elle cherchait de l'air.

— Elle était nue ?

— Oui.

— Sa peau était chaude ? Froide ?

— Froide. Elle frissonnait. Je l'ai auscultée.

— Avec le stéthoscope qu'elle t'avait demandé de garder dans la chambre.

— Ses poumons étaient pleins de sibilances. C'était une crise sérieuse. Je l'ai aidée à prendre son bronchodilatateur.

— C'était la première fois qu'elle te réveillait ainsi ?

— Non. Ça a commencé par une grippe il y a trois semaines.

— Soit à la fin de septembre. Tu connais Élise depuis six mois. A-t-elle fait allusion à un quelconque problème d'asthme avant la fin de septembre ?

— Non.

— Élise fait du jogging. Je ne suis pas médecin, mais je sais que l'asthme est souvent aggravé par l'exercice.

— Chez certaines personnes, admit Samoisette qui demeurait défiant.

— Donc Élise te réveille pour prendre son bronchodilatateur. Que se passe-t-il ensuite ?

— Elle respire mieux. Nous nous couchons et nous nous rendormons.

Surprenant se leva et marcha jusqu'à la fenêtre. Dehors, l'accalmie persistait.

— Tu oublies un détail.

— Ah oui ! Elle m'a embrassé sur la joue et m'a remercié. Je me suis rendormi.

— Avant de t'embrasser, elle ne t'aurait pas demandé l'heure ?

Le visage de Samoisette se décomposa.

— Oui… L'horloge sur la table de chevet marquait deux heures trente.

— Soit l'heure où Rosalie Richard a été assassinée. Tu comprends, Bernard ? Son asthme, son angoisse, elle a fait exprès de te réveiller pour se bâtir un alibi !

— Mais enfin, je suis médecin ! J'ai écouté ses poumons. Élise ne pouvait pas mimer une crise d'asthme. C'est objectif, ça se voit, ça s'entend.

— Justement ! Tu es médecin, tu vas m'expliquer comment elle s'y est prise.

— Tu es fou ! Je n'ai quand même pas inventé qu'il était deux heures trente !

Surprenant secoua la tête.

— *Elle a changé l'heure du réveil.* Elle t'avait demandé d'avoir un stéthoscope dans la chambre pour que tu ne regardes pas une autre horloge ailleurs dans la maison. Tu veux une preuve ? À quelle heure règles-tu l'alarme de ton réveil, le matin ?

— Sept heures.

— Est-ce qu'il a sonné vendredi matin ?

— Maintenant que tu me le dis, je me suis réveillé en retard à sept heures quinze. Les enfants ont failli rater leur autobus.

— Vendredi soir, quand je suis passé prendre l'apéro,

le réveil s'est mis à sonner dans votre chambre à *sept heures du soir*! Pourquoi? Il s'agit sans doute d'un modèle électronique, dont on ne peut reculer l'heure. Quand Élise a remis le réveil à l'heure juste, pendant la nuit, elle a avancé l'heure à PM plutôt que AM.

Samoisette, ébranlé, se prit de nouveau la tête dans les mains.

— Tu mens! Élise n'a pas tué Rosalie Richard. C'est impossible!

— Je sais que tu l'aimes, dit doucement Surprenant. Je l'estime, moi aussi. Pour une raison que je ne saisis pas encore, elle a tué Rosalie Richard. J'en suis certain.

— Quand tu saisiras tout, tu me reparleras. En attendant, je m'en vais. Je crois même que je vais appeler un avocat.

— C'est ton droit. J'ai une chose désagréable à te demander. Il faut que j'interroge Laurence.

— Ma fille? Jamais!

— Tu as oublié un autre détail de la nuit de vendredi. Hier, tu as dit que Laurence avait fait un cauchemar. Elle prétendait avoir vu la fée Maléfice.

Samoisette écoutait, debout, très pâle.

— J'ai des enfants, poursuivit Surprenant. Je connais *La Belle au bois dormant*. La fée Maléfice est habillée de noir, des pieds à la tête. Élise ne portait pas de cape, mais elle devait ressembler à ça dans la nuit de vendredi.

Samoisette sortit sans répliquer.

# 34

# Les charmes discrets du dimanche

À soixante-deux ans, après son deuxième infarctus, le docteur Paul Bédard avait jugé que le temps était venu pour lui d'abandonner la pratique de la chirurgie en région éloignée. La chute des cours boursiers et les iniques pensions qu'il versait à ses deux premières épouses ne lui permettant pas de se retirer, il avait posé sa candidature au poste de directeur des services professionnels et hospitaliers. Il s'acquittait de sa tâche avec doigté et diligence, tout en ménageant son myocarde.

Dans ce contexte, il avait accueilli avec mauvaise humeur la requête de Surprenant de le rencontrer en plein dimanche après-midi. Devant son insistance et considérant la gravité de l'affaire en cours, il l'avait reçu à quinze heures à l'entrée principale du centre hospitalier et l'avait conduit à son bureau.

Un collier de barbe blanche encadrant un menton volontaire, en complet et en cravate bien qu'il fût en congé, le docteur Bédard demanda, d'une voix qui n'était pas exempte d'ironie, en quoi il pouvait être utile à la justice.

— J'ai besoin de renseignements au sujet d'Élise Morency.

Réprimant un haut-le-corps, l'ex-chirurgien déclara que les dossiers professionnels des médecins étaient confidentiels.

— Je ne veux pas entrer dans les détails, docteur Bédard. Pouvez-vous simplement me rassurer quant à l'intégrité et à l'absence d'antécédents du docteur Morency ?

Le directeur fit basculer sa chaise et se tourna vers la fenêtre. La requête de Surprenant l'irritait. Derrière lui, taches blanches sur la mer bleue, quelques vieux homardiers transformés en bateaux de plaisance sillonnaient la baie.

— J'ai personnellement engagé Élise Morency. Sans rompre la confidentialité, je peux vous assurer que son dossier est impeccable. Je dirais même impressionnant. Un an de résidence en anesthésie, une résidence à McGill, une année de spécialisation à Boston… Elle a travaillé dix ans dans un hôpital universitaire de Montréal, cinq ans à Toronto. Nous nous comptons chanceux de l'avoir avec nous aux Îles.

— Qu'est-ce qui pousse une psychiatre célibataire dans la quarantaine à quitter Toronto pour les Îles-de-la-Madeleine ?

Paul Bédard, d'un geste large, désigna sa fenêtre.

— La mer, sergent Surprenant. La qualité de vie. Élise Morency est une mordue de voile et de grand air. Elle s'est installée aux Îles, comme plusieurs, pour mener une existence plus près de la nature. Est-ce que je peux vous demander pourquoi vous vous intéressez à elle ?

— Je crains que ce ne soit impossible. J'ai une autre requête. Je voudrais savoir si certains médicaments ont pu être dérobés dans votre établissement.

— Quel genre de médicaments ?

— D'abord, une substance permettant de provoquer une crise d'asthme.

— La méthacholine. Les inhalothérapeutes s'en servent pour les épreuves de fonction respiratoire.

— Ensuite, un agent injectable permettant d'endormir quelqu'un pour… l'éternité.

Le visage du docteur Paul Bédard acquit un discret incarnat. Cette conversation exerçait une mauvaise influence sur sa tension artérielle.

— Vous parlez de meurtre, si j'ai compris.

— Le mot est approprié.

— Je vais faire des recherches demain matin.

— Aujourd'hui, si possible. C'est important.

— Je vais voir ce que je peux faire.

\* \* \*

À son retour au poste, Surprenant trouva Majella derrière son standard. Dans la salle principale, Gingras et Asselin donnaient un nouveau point de presse.

— Des nouvelles ? demanda Surprenant.

— Je ne croirais pas. Les techniciens retournent à Rimouski cet après-midi. J'ai comme l'impression que le Gingras a décidé de prolonger son séjour parmi nous.

Malgré plusieurs coups de sonde, la réceptionniste n'avait rien découvert de remarquable au sujet d'Élise Morency. Que ce soit dans son milieu de travail ou dans ses rapports avec la population, la psychiatre jouissait d'une bonne réputation. Tout au plus lui reprochait-on d'être un brin solitaire.

Fuyant les journalistes et le trio de McCann, Godin et Cayouette qui levaient sur lui des regards intrigués, Surprenant se réfugia dans son bureau. Une note l'y attendait : Asselin le convoquait en compagnie de Gingras à seize heures trente. De toute évidence, le lieutenant veillerait lui-même, à partir de maintenant, à ce que les deux enquêteurs ne s'entretuent pas sur la place publique.

Surprenant se massa les tempes et saisit sa tablette de papier quadrillé. Marchessault apparut, fort excité. Après avoir réussi à se faire ouvrir le bureau de poste, une brève enquête informatique lui avait permis d'établir qu'Élise Morency avait reçu deux semaines plus tôt un colis de Toronto.

— L'expéditeur ?

— Une pharmacie. J'ai téléphoné. Tout ce qu'on a pu me confirmer au sujet du contenu, c'était qu'il ne s'agissait pas d'une ordonnance médicale.

— Si on peut prouver qu'Élise Morency a fait venir des condoms de Toronto, ce serait un début.

— Qu'est-ce qu'on fait, maintenant ?

— Trouve Julien Cormier. Il mériterait que nous lui rendions une petite visite, toi et moi.

\* \* \*

Geneviève Savoie s'assit devant Surprenant. Le policier observa son visage.

— Tu es fatiguée.

— J'ai mal dormi la nuit passée. Le gin et l'énervement, sans doute.

— Sans doute. Quelque chose à la maison d'Étang-du-Nord ?

— Rien. Des rideaux tirés. Des planches à voile dans le cabanon. Selon les voisins, Élise n'y met presque plus les pieds.

— Bien.

Il y eut un moment de silence. Même s'ils n'avaient fait que se prendre la main sur une falaise, leur intimité de la veille avait altéré leur relation. « À ce compte, nous aurions mieux fait de coucher ensemble », songea Surprenant.

— Où en es-tu ? demanda Geneviève.

— Dans l'enquête ?

— Bien sûr, dans l'enquête.

— Il faut attendre.

— Attendre ? Élise Morency ne se rendra pas sans être acculée au pied du mur. Elle a beaucoup trop à perdre.

Surprenant eut un sourire dont Geneviève ne put déterminer s'il était amer ou triomphant.

— Elle a déjà perdu.

\* \* \*

À seize heures quinze, Marchessault téléphona de Havre-Aubert. Le jeune Cormier était chez un dénommé Robert Cyr, sur le chemin des Fumoirs.

— Ce cher Tête Plate ! Surveille-les, je te rejoins dans une heure.

Surprenant appela chez lui et proposa à son fils de souper avec lui.

— Qu'est-ce qu'on mange ?

— Nous improviserons.

La réunion avec Gingras et Asselin se déroula dans une atmosphère de tension extrême. L'enquêteur du B.E.C. y fit preuve d'une évidente mauvaise foi, se montrant évasif sur son emploi du temps et sur l'évolution de l'interrogatoire de Damien Lapierre.

— Mais enfin, Gingras ! maugréa Asselin. Vous prétendez avoir passé la journée entière à questionner Lapierre. Vous devez commencer à en tirer quelque chose !

Gingras, bouderur, resta sur ses positions. S'il n'en tenait qu'à lui, l'accusation contre l'ancien détenu de Pinel serait déjà dans les mains du procureur de la Couronne.

Asselin, qui avait retrouvé son uniforme de fonction et perdu sa sérénité du matin, se tourna vers Surprenant.

— André ? demanda-t-il d'une voix presque implorante.

Surprenant dressa le bilan de ses trouvailles de la journée. Gingras demeura de glace. Asselin se mit à triturer le grain de beauté qui ornait le côté bâbord de sa lèvre supérieure.

— En résumé, tu as découvert qu'Emmanuel Lafrance avait aménagé un trou dans le mur de sa chambre pour observer son lit. Tu n'as toujours aucun élément liant le suicide de ce jeune homme au meurtre de Rosalie Richard.

— Le lien, c'est Élise Morency.

— Je parle de preuves, poursuivit Asselin. Par ailleurs,

tu as appris de diverses sources — à propos, je sais que tu utilises cette commère de Majella — qu'Élise Morency jouit d'une excellente réputation parmi la population et ses confrères. Bien sûr, elle a commencé à faire de l'asthme il y a trois semaines. Elle a aussi fait venir un paquet d'une pharmacie de Toronto. Tu prétends qu'elle a trafiqué l'heure de son réveil, qu'elle a simulé une crise d'asthme pour établir un alibi à l'aide de son conjoint, qui se trouve par hasard être coroner… Tout ça est très élégant, André, sauf que tu ne possèdes aucune preuve pouvant convaincre un jury de la culpabilité d'Élise Morency.

Surprenant fixait Asselin, furieux. Son problème d'anxiété avait pour désagrément de le rendre imprévisible. Un matin, il était abordable; le même après-midi, sous l'effet de quelque dérangement de sa chimie cérébrale, il grimpait aux rideaux.

Gingras ricanait.

— C'est ce que je me tue à te dire, Surprenant. Des preuves ! Amène-nous des preuves !

— Autre chose ? dit Surprenant en se levant.

— Je pense avoir été clair, grogna Asselin. Le temps joue contre toi, André.

— Vous n'avez rien compris. Dans cette affaire, le temps est de mon côté.

\* \* \*

À dix-neuf heures, Surprenant, de retour de Havre-Aubert, immobilisait sa jeep devant sa maison, fourbu, mais content de lui. Marchessault et lui avaient cueilli Julien Cormier au milieu d'un souper bien arrosé. Ils l'avaient emmené au bout du chemin du Sable, loin des regards indiscrets. Grelottant dans son froc, le jeune trafiquant avait fini par lâcher le morceau : Rosalie avait promis de lui rembourser ses trois mille dollars « dans les prochains jours ». Questionné sur le reste, notamment sur la provenance du haschisch trouvé dans le coffre de la Golf, il avait tout nié, craignant d'être enregistré.

Chez lui, Surprenant fut accueilli par une odeur de tomates et de basilic. Accroupi devant le four, en t-shirt et en culottes de basket, Félix surveillait la cuisson d'une lasagne que Maria avait congelée avant son départ. En l'apercevant, Surprenant éprouva un puissant sentiment de gratitude. En ce dimanche d'octobre, à moins qu'une catastrophe ait frappé sa fille Maude à Montréal, ses deux enfants étaient en santé et bien vivants.

Félix tourna vers lui son visage de jeune loup.

— J'avais trop faim, plaida-t-il. J'ai décidé d'improviser et de dégeler quelque chose.

— Tu as eu une bonne idée.

Surprenant enleva sa veste et son arme de service. Il s'approcha de son fils en se demandant de quelle façon il pouvait lui manifester sa flambée d'affection. Félix était trop vieux pour qu'il le serre dans ses bras. Il s'accroupit à son tour, examina la lasagne dont le gratin crépitait et appuya son coude sur la cuisse de son fils.

— Je suis content de manger avec toi ce soir.

— Je n'ai pas beaucoup de temps. Je dois rejoindre

Kevin et Juliette au cinéma dans trois quarts d'heure. À propos, tu pourrais me prêter dix dollars ?

Rien n'était parfait. Surprenant se releva et sortit son portefeuille. Son portable sonna. C'était Paul Bédard. L'inhalothérapeute du centre hospitalier était formelle. Il manquait deux ampoules de méthacholine dans sa réserve. L'anesthésiste se montrait plus hésitant. Il avait néanmoins cru remarquer la semaine précédente que du Fentanyl et de l'Ativan avaient disparu de son chariot.

— Je vous remercie, docteur Bédard.

— Ce n'est rien. Si possible, j'aimerais être tenu au courant des développements.

La voix du médecin exprimait un curieux sentiment de culpabilité, comme s'il se sentait personnellement responsable de tout ce qui se passait dans son établissement.

Surprenant déboucha une bouteille de chianti et s'attabla devant Félix.

— À propos, marmonna son fils qui mangeait déjà, maman a téléphoné hier soir.

— Ah oui ?

— Il était plus de minuit. J'ai peut-être fait une gaffe. Je lui ai dit que tu ne rentrais pas coucher.

— Tu n'as pas fait de gaffe. J'ai dormi au poste, tout simplement.

— Tu voulais être sur place s'il se passait quelque chose. Tout simplement.

Surprenant ne renchérit pas. Les adolescents faisaient parfois preuve d'un esprit dévastateur. Félix s'informa des progrès de l'enquête, aussi avidement qu'il engouffrait ses deux portions de lasagne. Peu après, il partit à bicyclette pour Cap-aux-Meules.

Resté seul, Surprenant rangea la cuisine et appela sa femme à Montréal. Maria Chiodini, tout à son bonheur de manger un dimanche dans sa famille, se montra d'une humeur sinon chaude, du moins égale. Ni Surprenant ni elle n'abordèrent la question de son découchage de la nuit précédente. Cette conversation aurait lieu, sans doute, dans les jours suivant son retour.

Il raccrocha en se demandant pourquoi il n'éprouvait pas de sentiment de soulagement. C'était cela : ils n'arrivaient plus à se communiquer franchement, simplement, leurs sentiments. Campés sur leurs positions, ils s'étudiaient, avec une patience de vieux généraux.

Il termina la bouteille de vin, seul dans le salon. Dehors, le vent était tombé. La mer, encore grosse, battait au pied des falaises.

Le piège était tendu. Il n'avait plus, comme un pêcheur de homards, qu'à se coucher tôt pour être dispos quand il allait lever ses cages.

# 35

# Un café à bord du *Nomade*

À l'aube, il fut réveillé par la sonnerie de son portable. D'une voix nerveuse, Élise Morency lui dit qu'elle voulait lui parler.

— Tu veux que je passe chez Bernard?

— Non, pas ici. Viens me rejoindre à la marina.

— Pourquoi là-bas?

— Ce matin, la maison est envahie par les ouvriers. Et je dois aller vérifier mes amarres. Je veux te parler seule à seul dans un endroit tranquille.

— Qu'est-ce qui est si urgent?

— Tu le sais très bien.

Surprenant réfléchit. Deux semaines plus tôt, Bernard Samoisette lui avait confié son intention de rénover sa cuisine.

— D'accord. Je serai au bateau dans quinze minutes.

Surprenant se doucha rapidement. Avant de quitter la maison, il prit son arme de service et avisa Stéphane Brault, au poste, de sa rencontre avec la psychiatre.

Le ciel était de nouveau couvert. Un vent de nord-ouest s'était levé pendant la nuit. Au pied du Cap-aux-Meules, séparée du port de pêche et de la Baie de Plaisance par un hangar de tôle et une jetée de ciment, la marina offrait, dans le petit matin d'octobre, un aspect morne et frileux. Au moment de descendre de sa jeep, Surprenant glissa dans sa poche le magnétophone que lui avait remis Geneviève Savoie.

Éparpillés entre les passerelles, une dizaine de bateaux de plaisance et trois voiliers attendaient de prendre leurs quartiers d'hiver. Accroupie près de l'un d'eux, cheveux au vent, Élise Morency serrait une amarre à un taquet.

Elle se retourna en entendant les pas de Surprenant sur la passerelle. Très pâle malgré le grand air, elle affichait une mine affreuse.

— Ça va? demanda Surprenant.

— Je croyais pouvoir faire quelques sorties avant de le hisser sur le slip. Pour moi, ça va aller au printemps.

— Je ne parlais pas de ton bateau, mais de toi.

La psychiatre haussa les épaules.

— Je n'ai pas dormi cette nuit. J'allais m'assoupir, à cinq heures, quand Bernard a été appelé pour un accouchement. Tu montes à bord? On gèle.

Le *Nomade* était un sloop de vingt-huit pieds, équipé de gadgets sophistiqués. Surprenant et Maria y avaient été invités à quelques reprises, pendant l'été, pour des virées de quelques heures au large de l'Île d'Entrée. S'il était trop fier pour le montrer, le policier avait dû reconnaître qu'il n'avait pas l'âme d'un marin. Dès que le voilier prenait un peu de gîte, il était la proie d'un malaise que seule sa raison lui permettait de maîtriser.

Élise Morency fit glisser l'écoutille et précéda Surprenant dans la cabine. L'eau bouillait sur le poêle à gaz. Un petit radiateur électrique rougeoyait à l'entrée de la chambre de proue.

— Qu'as-tu de si important à me dire ? demanda Surprenant.

Le dos tourné, Élise Morency préparait le café.

— J'ai décidé que la comédie avait assez duré. J'ai tout perdu. Je suis prête à répondre à tes questions.

Elle déposa la cafetière et deux tasses vides sur la table amovible et se recroquevilla sur la banquette.

— À toutes mes questions ?

Elle opina de la tête. Surprenant s'assit en face d'elle.

— Des objections à ce que j'enregistre ?

— Enregistre ce que tu veux.

— Qu'est-ce qui te fait changer d'avis, tout à coup ?

Élise Morency leva vers lui des yeux baignés de larmes.

— J'ai tué Rosalie Richard par amour pour Bernard. Maintenant, notre histoire est finie. Alors… je ne vais pas laisser Damien Lapierre payer à ma place.

Elle essuya ses yeux, d'un geste maladroit de fillette.

— Café ?

Il refusa. Elle sourit amèrement.

— Tu as peur que je t'empoisonne, c'est ça ?

Elle se versa une tasse et but une gorgée.

— Voilà. Mourons ensemble.

Il tendit sa tasse.

— Reprenons depuis le début. Tu avoues avoir commis le meurtre de Rosalie Richard ?

— Oui.

— Pour quelles raisons ?

— Elle me faisait chanter.

— Elle te réclamait trois mille dollars.

Élise posa sur Surprenant un regard ironique.

— Tu sembles avoir appris bien des choses.

— Décris-moi ce qui s'est passé à partir de la visite de Rosalie à l'hôpital, le 20 septembre.

— Comment as-tu su que Rosalie m'avait rencontrée ce jour-là? Je n'avais pas fait sortir le dossier. C'était la fin de l'après-midi. Il n'y avait presque personne dans les couloirs des bureaux.

— Une réceptionniste zélée a dû noter son nom dans le registre informatique. On ne peut pas tout prévoir.

— En effet, on ne peut pas tout prévoir.

Le ton d'Élise Morency avait pris une nuance de sarcasme. «Quelque chose ne va pas», songea Surprenant. Il tenta de préciser son impression, il se découvrit incapable d'organiser ses idées. La psychiatre le regardait et souriait. Il se sentit envahi par une étrange sensation de bien-être et de détachement. Il pensait, il éprouvait des émotions, mais cela se déroulait dans un lieu lointain, si profondément en lui-même que cela ne pouvait ni s'exprimer ni se transformer en mouvement.

Une voix lui criait, quelque part, de se lever et de partir.

Ce fut la dernière chose dont il se souvint.

# 36

# Le dernier acte

Il fut éveillé par une agréable sensation de fraîcheur sur son visage. Il avait neuf ans, la fièvre, et sa mère rafraîchissait son front avec une débarbouillette. Il ouvrit les yeux. Élise Morency, les sourcils froncés, lui essuyait le menton.

— Tu as vomi. Laisse-moi faire.

Il reconnut les membrures de la cabine, ressentit une douleur sourde dans son épaule droite. Il était attaché, mains derrière le dos, à la base du mât du voilier. Un liquide âcre, mélange de café et de bile, lui brûlait la bouche.

— Qu'est-ce que tu m'as donné ? marmonna-t-il.

— Avant ma psychiatrie, j'ai fait un an de résidence en anesthésie.

— Je sais. Pourquoi es-tu toujours debout ? Tu as bu le même café que moi.

— Avant ton arrivée, je me suis injecté un antagoniste des opioïdes. Astucieux, n'est-ce pas ?

Il prit conscience du roulis du bateau. Par l'écoutille ouverte, il entrevit, grise, écumante, la crête d'une vague.

— Où allons-nous ?

— Tu es assez grand pour deviner ça tout seul. Voilà ! Ça va mieux comme ça ?

La psychiatre le souleva par les épaules de façon à

ce qu'il soit assis plus confortablement sur le plancher de la cabine. Sa besogne accomplie, elle retourna à la barre du voilier. Dans la poche de son ciré, Surprenant distingua son pistolet.

— Habitue-toi à ton nouveau statut. Nous en avons pour une couple de jours.

— J'ai dormi longtemps?

— Deux heures. Si tu pouvais te mettre debout, tu verrais que nous venons de doubler l'Île d'Entrée.

— Tu veux gagner les eaux internationales? Tu n'as aucune chance. J'ai averti mes gens que je te rencontrais à la marina. D'ici une heure, tu auras la garde côtière aux trousses.

— Un gros vent de nord-ouest et un otage. C'est tout ce dont j'ai besoin. Dans une trentaine d'heures, j'aurai contourné le Cap-Breton et je serai à l'abri de la police.

— Les traités d'extradition, ça existe. Tu ne seras à l'abri nulle part.

— C'est mon problème.

— Pourquoi as-tu décidé de fuir? L'accusation contre Lapierre est toujours solide.

— La mort de Cornélius devait passer inaperçue. Si le corps était soumis à une autopsie sérieuse, je risquais des problèmes.

— Qu'est-ce que tu lui as injecté?

— Un curarisant. Asphyxie secondaire à la paralysie des muscles respiratoires. Comment sais-tu que je lui ai fait une injection?

— Un hématome dans l'aine droite.

— J'aurais dû y aller par voie intramusculaire.

— Remarque que cela aurait pu aussi bien être la faute de l'embaumeur.

Elle pâlit puis sourit tristement.

— À ce que je vois, tu m'as piégée.

— J'allais te coincer de toute façon. La fée Maléfice… Laurence ne t'aurait-elle pas aperçue la nuit du crime ?

Une lame se brisa à quelques mètres de la poupe, aspergeant le pont d'embruns et soulevant le bateau. Se cramponnant à la roue, Élise Morency lança à Surprenant un regard à la fois admiratif et hostile.

— J'ai bien vu que le commentaire de Bernard n'était pas tombé dans l'oreille d'un sourd. Laurence m'a vue de sa fenêtre alors que je rentrais de chez les Petitpas.

— Tu étais habillée de noir et tu portais une cagoule.

— Tu es vraiment le diable.

— Il fallait que tu marches sans être remarquée de la maison de Bernard jusque chez Alcide Petitpas. En quittant la Caverne, après avoir assommé Rosalie, tu as failli écraser un ivrogne sur le chemin Gaudet. Il a dit qu'il n'y avait personne au volant. Tu y étais, évidemment. C'était la nuit. Il n'a rien vu.

Les yeux fixés sur l'horizon, Élise Morency semblait ne pas écouter.

— Laurence m'attendait en haut de l'escalier quand je suis rentrée. J'ai voulu la recoucher, mais elle a refusé que je la touche.

— Tu ne pouvais quand même pas la supprimer comme Cornélius.

— Comment as-tu fait le lien entre Rosalie et Cornélius ?

— Quand elle a quitté la Caverne, Rosalie a laissé ses clefs, ses cigarettes et un paquet d'allumettes derrière elle. Le numéro de Cornélius était inscrit sur le paquet.

— Les hasards du destin ! railla la psychiatre.

Elle enclencha le pilote automatique et se déplaça vers l'avant du voilier. Surprenant perçut un cliquetis métallique. Élise devait tendre une drisse. Le bateau gîtait peu malgré le fort vent. La bôme de la grand-voile était absente de son champ de vision. Le *Nomade* cinglait vent arrière vers le sud-est. S'arc-boutant, Surprenant parvint à s'accroupir et à jeter un œil sur la cabine. Le magnétophone avait disparu.

Il se rassit. Son épaule était douloureuse. Il devait être plus de dix heures. Sa disparition devait inquiéter aux Îles. Le temps d'alerter la garde côtière et de repérer le voilier, il risquait de faire nuit. La psychiatre avait toutes les chances de gagner son pari.

Que ferait-elle de lui quand elle aurait quitté les eaux canadiennes ? La familiarité qu'elle lui témoignait, l'abandon avec lequel elle lui parlait n'avaient rien de rassurant. Il banda ses muscles pour éprouver la solidité de ses liens. Ses poignets étaient rivés l'un à l'autre. Élise Morency avait prouvé qu'elle s'y connaissait en nœuds.

Elle reprit place derrière la roue de gouvernail. Elle paraissait soucieuse.

— Nous allons avoir du vent. Dommage que tu ne puisses pas m'aider à la manœuvre.

— Détache-moi. Je me tiendrai tranquille.

— Non, monsieur. Dis-moi plutôt comment j'ai tué Rosalie. Ça m'intéresse.

— Il faudrait commencer par parler d'Emmanuel Lafrance. Tout part de là, n'est-ce pas ?

— Tu es plus fort que je ne croyais. Pourtant, au moment de l'enquête, tu avais conclu à un suicide… Quand je suis arrivée aux Îles, Sanschagrin m'a transmis le dossier en me décrivant Emmanuel comme un cas désespéré. Il avait d'abord été étiqueté comme un schizophrène de type affectif. Lui le considérait plutôt comme un trouble de personnalité limite, avec des traits narcissiques et surtout sociopathes. Tout au plus concédait-il qu'il pouvait présenter des épisodes dissociatifs sous l'effet de l'alcool ou des hallucinogènes.

« Lors de la première entrevue, j'ai rencontré un jeune homme timide, sensible et intelligent qui ne ressemblait en rien au monstre que m'avait décrit mon prédécesseur. Évidemment, je me suis méfiée. Je connaissais les *borderline* et leurs pouvoirs de manipulation. Ces gens savent jouer avec les mécanismes de transfert.

« Emmanuel avait abandonné ses études à seize ans. Il ne travaillait pas, avait des prétentions littéraires, vivotait aux dépens de ses parents, avait drainé les énergies de multiples intervenants. Il manifestait pourtant de l'enthousiasme à l'idée de changer de thérapeute. Il flattait mon ego en me donnant l'illusion que je pouvais le guérir.

« J'étais une psychiatre d'expérience, en pleine

possession de ses moyens. Il m'a eue comme une enfant d'école. Il avait flairé ma faiblesse : j'avais besoin d'amour. Je t'épargnerai les avatars de ma vie sentimentale. Je ne suis ni belle ni charmante. J'ai aimé des hommes, mais jamais les bons. Depuis quatre ans, j'avais fait une croix sur mes rêves de vie à deux. Mon exil aux Îles correspondait à ce choix. J'aspirais à une vie calme, simple, solitaire.

« Je voyais Emmanuel toutes les deux semaines. Il mettait de l'ordre dans sa vie et présentait des signes de progrès. Nos entrevues ont pris un ton plus personnel. Il me montrait ses poèmes, me parlait de ses blondes en me laissant sentir qu'elles ne possédaient pas ma maturité. Il m'amusait, me flattait. Notre jeu était léger, agréable, mais dangereux. Une voix en moi m'incitait à la prudence. Je rationalisais et imaginais que je travaillais à exorciser son œdipe. Nous nous rapprochions de plus en plus. J'attendais nos rendez-vous avec une excitation de couventine.

« En avril, effrayée, je lui ai annoncé, sous prétexte de sa bonne évolution, que je le renvoyais à son omnipraticien. Il a conservé son calme. Nous avons dressé le bilan de la thérapie et nous nous sommes quittés sur une poignée de main. Au moment de sortir du bureau, il a changé brusquement d'avis, est revenu vers moi et m'a embrassée sur la bouche. Il s'est ensuivi un moment de folie. Nous avons fait l'amour violemment, en étouffant nos cris pour ne pas être entendus par les gens qui passaient dans le corridor. Sans un mot, nous nous sommes rhabillés. Il est parti, sourire en coin, en me promettant qu'il allait me donner des nouvelles.

«J'étais anéantie. J'avais couché avec un de mes patients. Un *borderline* par-dessus le marché. Le soir, je lui ai téléphoné. Je lui ai demandé de garder le silence sur ce que j'ai appelé notre moment d'égarement. Emmanuel n'était plus le même. Sur un ton froid, il m'a dit qu'il comprenait le pétrin dans lequel je m'étais fourrée. Puis il a ajouté qu'il avait besoin de moi et voulait me revoir.

«Il me tenait. J'ai d'abord refusé de poursuivre sur cette voie, en espérant qu'il ne donne pas suite à ses menaces de me dénoncer. Ensuite, j'ai accepté de le revoir en consultation. Il se montrait méprisant, dominateur. Je lui ai cédé à trois autres reprises, à son chalet, en souhaitant qu'il se lasse de moi et me laisse tranquille. J'étais affolée.»

— D'autant plus qu'il avait filmé vos ébats.

— Tu sais ça aussi… C'est à cette époque que j'ai rencontré Bernard.

— Ta situation est devenue intenable.

— Nous avons vécu un coup de foudre. Peut-être mes sentiments étaient-ils amplifiés par mon désir d'échapper à mon cauchemar? Aux Îles, tout se sait. Quand Emmanuel a appris que je fréquentais Bernard, il a accentué ses menaces. Il avait recommencé à boire et à fumer, et était devenu imprévisible.

— Tu l'as donc éliminé.

— Un soir, très tard, je suis allée chez lui. Nous avons bu. Je l'ai endormi avec une bonne dose d'Ativan. Ensuite, j'ai pilé ses médicaments et je les lui ai passés dans l'estomac avec un tube naso-gastrique. Je l'ai traîné en haut de la mezzanine et je l'ai pendu à une poutre. Un des poèmes qu'il m'avait remis faisait allusion au suicide. Je l'ai déposé sur la table de la cuisine. J'ai complété la mise en scène et fouillé la maison à la recherche d'une quelconque trace de notre aventure. J'ai embarqué tous les films, toutes les photos, tous les papiers que j'ai pu trouver. J'ai effacé mes empreintes et je suis partie.

— Malheureusement, Cornélius Langford, de sa maison du chemin Loiseau, t'a vue. Pour une raison bizarre, il s'est tu. En septembre, dans des circonstances que nous ne connaîtrons jamais, il a parlé à Rosalie. La pauvre fille, aux prises avec ses dettes de drogue, a pensé qu'elle pouvait te faire chanter.

— Les trois mille dollars ne constituaient évidemment pas un problème. Mais elle savait que j'étais allée chez Emmanuel le jour de sa mort. D'après son attitude, j'ai senti qu'elle pouvait être au courant de nos relations. Mon cauchemar recommençait.

— Tu lui as donné rendez-vous derrière la Caverne, à deux heures du matin, et elle a été assez folle pour s'y rendre.

Son visage austère se découpant contre le ciel gris, Élise Morency se taisait. Le vent forcissait et sifflait dans les haubans.

— Je vais te dire ce qui s'est passé, reprit Surprenant. Vers une heure quinze du matin, tu es sortie de chez Bernard et tu t'es rendue chez Damien Lapierre. Tu connaissais ses habitudes. Tu savais qu'il ne verrouillait pas sa porte, qu'il se couchait tôt et qu'il dormait profondément, assommé par les médicaments que tu avais pris soin d'augmenter la semaine précédente. Chez lui, tu as prélevé les échantillons qui permettraient de l'inculper si la police se rendait jusqu'à lui : les poils pubiens, les fibres de laine et les bottes.

« Ensuite, tu as emprunté l'auto des Petitpas. Comment t'es-tu procuré les clefs ? Tu soignais Martha. Au cours d'une visite à son domicile, tu as pu remarquer les clefs au-dessus du comptoir. Tu savais que le mari dormait à l'étage ou au sous-sol. Encore une fois, les portes n'étaient pas verrouillées.

« Tu as conduit jusqu'à la Caverne. Rosalie s'est présentée à l'heure prévue. Tu l'as assommée d'un coup sur la tempe. Tu l'as ligotée, bâillonnée et étendue sur la banquette arrière de la Buick. Par le chemin Gaudet, tu t'es rendue au bout du chemin Boudreau. Tu y as interrogé Rosalie. Il fallait que tu saches de qui elle tenait ses renseignements. C'est sans doute à ce moment qu'elle t'a parlé de Cornélius.

« Tu l'as tuée, toujours en tentant d'incriminer Damien Lapierre. Tu as commencé par l'étrangler, comme Solange Gauvreau, puis tu lui as brisé la nuque. Tu as simulé un crime brutal, commis par un homme possédant une grande force physique. Ensuite, tu l'as pénétrée à l'aide d'un quelconque bâton recouvert d'un condom. Du côté anal, tu y es allée un peu fort. Vingt-deux centimètres, ce n'est pas donné à tout le monde. Tu connaissais la passion de Damien pour les coquillages. Tu en as déposé quelques-uns sur le corps.

« Une chose m'a frappé dans la déposition de la voisine. L'assassin est arrivé discrètement, mais est reparti en faisant crisser ses pneus, *comme s'il voulait être entendu.* Si quelqu'un pouvait témoigner de l'heure de ton départ, deux heures quarante, cela aiderait à te constituer un alibi. Tu t'es débarrassée de tes accessoires quelque part et tu es retournée rendre l'auto des Petitpas. Première erreur, tu as laissé la banquette avant en position avancée. Tu as eu le cran de remettre les clefs dans la cuisine et de déposer les bottes de Damien dans son entrée. Tu es rentrée à pied chez Bernard, ni vu ni connu. Il était plus de trois heures du matin.

«Deuxième tuile, tu es tombée sur Laurence en haut de l'escalier. Tu es allée la recoucher. Ensuite, tu es entrée dans la chambre à coucher, tu t'es déshabillée et *tu as changé l'heure du réveil.* Malheureusement, tu t'es trompée plus tard en remettant le réveil à la bonne heure. Ce sera ta troisième erreur. Là, tu as manqué de chance. L'alarme s'est déclenchée à sept heures le vendredi soir, au moment où je prenais l'apéro dans ton salon. Il ne te restait qu'à réveiller Bernard et à simuler ta crise d'asthme à l'aide de la méthacholine que tu avais dérobée à l'hôpital. Tu as fait en sorte que Bernard remarque l'heure sur le réveil et le tour était joué. Mais trop, c'est comme pas assez : ton alibi était si parfait qu'il en devenait suspect.»

— Dommage que tu ne sois pas parti en ville avec Maria. Je m'en serais probablement tirée.

Une rafale de vent fit faseyer la grand-voile. Élise Morency leva les yeux, interrogea l'horizon et l'anémomètre.

— Accroche-toi, ça va brasser un peu.

Elle relâcha les écoutes du foc et procéda aux manœuvres nécessaires pour passer au grand largue. Vibrant de toute sa membrure, gîtant d'une dizaine de degrés, le *Nomade* mit le cap vers le sud.

Satisfaite, Élise Morency adressa un sourire à son otage. Quelques grains de pluie vinrent éclater sur les marches de la cabine.

— Pas trop le mal de mer, sergent?

— Ça va. Pourquoi as-tu tué Emmanuel?

— J'étais coincée. D'un seul mot, il pouvait me faire perdre à la fois ma réputation et l'homme que j'aimais. J'aurais pu négocier quelque chose avec un être normal. Avec Emmanuel, c'était impossible.

— Qu'est-ce que tu as ressenti?

— En le tuant? C'était une expérience horrible, mécanique. Emmanuel m'avait menti. Il m'avait manipulée et menaçait de ruiner ma vie. C'était un être malfaisant qui n'apportait rien à personne. Pourtant, je n'ai rien senti d'agréable en simulant son suicide.

— Et pour Rosalie et le vieux Langford?

— J'avais fait le saut. Il aurait été absurde de m'arrêter. Tuer Rosalie était une corvée dont je devais m'acquitter. En planifiant le meurtre, j'ai ressenti un certain plaisir intellectuel. J'ai sans doute trop lu de romans policiers. Par la suite, je suis demeurée hantée par l'image de son corps sur la falaise. Maintenant, Bernard me soupçonne. Au fond de lui, il sait que j'ai commis ces crimes. J'ai tué pour lui. J'ai perdu la partie.

Derrière la psychiatre, Surprenant aperçut la silhouette de l'Île d'Entrée. Que faisaient la police et la garde côtière ? Poussé par un vent féroce, le voilier embarquait des paquets de mer qui ternissaient les hublots de la cabine.

— Tu vas où, comme ça ? À Cuba ?

— Tu me connais. Je suis prévoyante. Quand j'ai tué Emmanuel, je me suis ménagé une porte de sortie. Certaines îles des Caraïbes sont des havres pour les gens qui désirent changer de vie.

— Que vas-tu faire de moi ? Me balancer aux requins ?

— J'ai besoin de toi.

« Pour le moment », compléta-t-il mentalement. Après lui avoir avoué ses crimes, la psychiatre se débarrasserait de lui dès qu'elle serait hors de portée des autorités canadiennes.

Élise Morency ausculta de nouveau le ciel et sa voilure.

— Je vais prendre des ris, annonça-t-elle.

Elle disparut à l'avant. La manœuvre, qui consistait à réduire la surface de la grand-voile en l'affalant en partie et en l'attachant à l'aide de bandelettes, nécessiterait plusieurs minutes. Surprenant se tortillait pour desserrer ses liens lorsqu'il entendit un bruit derrière lui.

Quelque chose bougeait dans la cabine avant. Il pivota, se dévissa la tête. Bernard Samoisette soulevait le panneau de bois qui supportait l'un des matelas de la chambre de proue. Sur le pont, Élise s'affairait.

Bernard se glissa jusqu'à lui. Son visage était dur, fermé. Sans un mot, il prit un couteau dans le tiroir à ustensiles et entreprit de couper les liens de Surprenant.

— Fais attention, elle a mon arme.

Bernard leva les yeux, alarmé. Manifestement, il n'avait pas envisagé cette possibilité.

Surprenant se redressa, les jambes ankylosées. Un brusque coup de roulis le propulsa contre l'évier. La cafetière se fracassa sur le plancher de la cabine.

Près du grand mât, les bruits de manœuvre cessèrent. Samoisette et Surprenant retinrent leur respiration. Le visage d'Élise apparut derrière le hublot bâbord. Elle les avait aperçus.

Sans que Surprenant puisse le retenir, Samoisette se précipita sur le pont. La grand-voile, à demi affalée, claquait furieusement. Le bateau gîtait moins, mais filait toujours à bonne allure.

Surprenant rejoignit son ami à l'extérieur. Yeux exorbités, cheveux au vent, Élise Morency tenait en joue son amoureux.

— Baisse ce pistolet, Élise. Tout est terminé, maintenant.

— « Tout est terminé ! » Tu n'as jamais si bien parlé, Bernard.

— Baisse ce pistolet.

Ignorant le danger, Bernard fit deux nouveaux pas en direction d'Élise. Le regard de la psychiatre trahissait un immense désarroi.

— Tu pourrais me donner le choix, au moins !

Bernard Samoisette, à deux mètres de la psychiatre, continuait d'avancer. Soudain, elle fit deux pas et se jeta à la mer.

Surprenant, sans se faire d'illusions, lui lança la bouée de sauvetage. Élise Morency, le visage serein au milieu des vagues écumantes, ne fit aucun effort pour s'en approcher. Poussé par le vent, le *Nomade* filait inexorablement vers le sud. Rapetissant à vue d'œil, Élise se laissa flotter sur le dos, les yeux tournés vers le ciel. Puis, sans un cri, sans un geste, elle se laissa couler.

Surprenant et Samoisette étaient de piètres marins. Quand ils parvinrent, au prix de manœuvres périlleuses, à faire exécuter un demi-tour au voilier et à revenir vers le lieu où ils estimaient qu'Élise avait disparu, ils ne trouvèrent que le visage lisse et changeant de la mer.

# 37

# Première neige

Sous les regards amusés de l'escouade, le lieutenant Roger Asselin, élégant dans son veston de tweed et sa chemise bleu ciel, leva sa coupe de champagne pour un toast.

— Avant de vous quitter définitivement, j'aimerais vous remercier pour le soutien que vous m'avez apporté pendant les derniers mois de ma carrière. Je m'adresse particulièrement à toi, André. Malgré les quelques... désagréments auxquels tu nous as exposés, tu nous as évité de sombrer dans l'erreur judiciaire.

À l'écart, près de l'affreuse couronne de sapin dont Majella avait doté la salle de café, Surprenant leva lui aussi son verre. Asselin se montrait beau joueur. Le rapport assassin qu'avait rédigé Denis Gingras à la conclusion de l'affaire Richard n'était pas étranger à sa décision de se prévaloir d'une retraite anticipée. L'enquêteur du B.E.C., furieux de s'être fait damer le pion par un sergent de campagne, y avait sévèrement critiqué le comportement des deux officiers et réclamé des sanctions.

Minimisant les fautes de Surprenant, Asselin avait pris sur lui le blâme. Quelques jours plus tard, soulagé, radieux, il avait annoncé qu'il quittait les rangs de la Sûreté. À Rimouski et à Montréal, la hiérarchie avait décidé de ne réserver à Surprenant qu'une semonce. Le triple meurtre des Îles-de-la-Madeleine avait suffisamment fait la une des journaux sans qu'on entre dans la saga des procédures en déontologie.

Si l'on n'avait jamais repêché le corps d'Élise Morency, on avait retrouvé des fibres de son survêtement à l'intérieur des bottes de Damien Lapierre et sur la banquette de la Buick d'Alcide Petitpas. L'autopsie de Cornélius Langford, malgré les limites découlant de l'embaumement, avait permis de mettre en cause un curarisant. Devant ces évidences et les témoignages de Surprenant et de Samoisette, Damien Lapierre avait été libéré.

Après avoir trinqué, Roger Asselin se dirigea vers Surprenant. Le héros de cette fête de Noël, c'était lui. Les deux hommes se serrèrent la main, bientôt entourés par le reste de l'escouade. Marchessault, McCann, Tremblay, Cayouette, Godin, Brault et Barsalou, emportés par une vague d'émotion et émoustillés par le vin, se pressèrent autour de leur sergent.

Geneviève Savoie restait près du percolateur en compagnie de Majella. Plus que de la solidarité féminine, sa réserve témoignait du tour qu'avait pris sa relation avec Surprenant: elle ne lui parlait plus que pour les besoins du service. Un homme marié, qui plus est son supérieur, s'était entiché d'elle. Elle refusait d'encourager les égarements d'un homme en proie au démon de midi.

Voyant que Surprenant la fixait, elle lui adressa un sourire, comme pour l'inciter à assumer son statut de vedette.

Au bout d'une heure, le cinq à sept s'étiolant et Geneviève refusant toujours d'abaisser sa garde, Surprenant quitta le poste. Une petite neige tombait, virevoltant sous un vent de nord-est. Chemin du Gros-Cap, les demeures des Madelinots arboraient leurs décorations de saison. Surprenant se dirigea vers sa maison.

La résolution du meurtre de Rosalie Richard avait eu des retombées dans l'univers des insulaires, dont la principale avait été un sentiment de soulagement : le crime avait été commis, ainsi que chacun l'avait prédit, par quelqu'un d'en dehors.

La GRC, aiguillonnée par le bouillonnement médiatique, avait mis au jour un réseau de trafic de drogue dont la tête était Albéni Thériault. Éclaboussé par le scandale et menacé de la saisie de son bateau, Roméo Richard avait éprouvé des malaises cardiaques. Pour faire taire les rumeurs qui couraient au sujet de l'implication d'Évangéline Arseneau dans l'affaire, il avait manifesté publiquement son intention de l'épouser. Certaines mauvaises langues ne s'étaient pas gênées pour insinuer que la Grande Évangéline avait finalement obtenu ce qu'elle voulait : l'argent de Roméo.

Julien Cormier avait une fois de plus échappé à la justice, si bien qu'on lui avait prêté un rôle d'agent double.

Jacques Flaherty, de son côté, s'était bien tiré d'affaire dans son rôle d'amoureux affligé. Engoncé dans un imperméable à la Bogart, il avait assisté aux obsèques de Rosalie au milieu de ses étudiants et avait publié dans *Le Fanal* un poème obscur, que l'on avait disséqué pendant des heures dans les bars de l'archipel.

Surprenant arrivait devant sa maison quand il s'aperçut qu'il n'avait aucune envie d'y entrer. Il fit lentement le tour du Gros-Cap et reprit le chemin de Cap-aux-Meules. Le meurtre de Rosalie Richard avait eu aussi des incidences sur sa relation avec Maria. À son retour de Montréal, elle s'était précipitée sur lui, heureuse de le retrouver vivant. Dans les jours qui avaient suivi, jugulant sa jalousie, elle n'avait posé aucune question concernant la nuit où il avait découché. Leur vie avait repris en apparence son cours habituel. Ils faisaient l'amour régulièrement, mais le fossé qui les séparait semblait toujours se creuser un peu plus.

Surprenant avait songé à lui parler de Geneviève. Qu'y avait-il à dire ? Il ne s'était rien passé. Il reportait l'échéance en se répétant qu'en bon quadragénaire usé par vingt ans de vie commune il ne faisait que fantasmer sur les attraits d'une jeune femme.

Le problème se situait ailleurs. Où ?

Il traversa le centre-ville et tourna à gauche sur le chemin du Grand Ruisseau. Au haut de sa butte, le bungalow de Bernard Samoisette était éclairé. Son quatre par quatre était dans la cour. Surprenant sonna et entra.

La rumeur de la télévision provenait du salon. Samoisette apparut, les cheveux ébouriffés, en chaussettes. Ses traits étaient tirés.

— Les enfants sont chez France ? s'enquit Surprenant.

— Je suis allé les reconduire tantôt.

— Tu as envie d'une bière ? On pourrait passer chez Platon.

— Je n'ai pas le goût de sortir.

— D'accord, dit Surprenant en retirant son manteau.

Bernard Samoisette prit deux bières dans le réfrigérateur. La cuisine, rénovée à grands frais, était en désordre. Des jouets traînaient dans le salon.

Les deux hommes s'étendirent dans les fauteuils de la salle de séjour. Sous leurs yeux, derrière le rideau de neige, les Îles étalaient leurs lumières. Plus loin, au large de l'Île d'Entrée, le corps d'Élise Morency pourrissait.

— Il faut en sortir, Bernard, murmura Surprenant.

— Je sais. La mort d'Élise, c'est pire que mon divorce. Au moins, quand je me suis séparé de France, il y a eu des discussions, des engueulades, des démêlés en cour. Les choses ont été dites. Tout ce qu'il me reste d'Élise, c'est du silence.

Surprenant prit une gorgée de bière. Il se sentait bien, soudainement. Était-ce la première neige ? La compagnie de Samoisette ? Il éprouvait la sensation que sa vie, enrayée par les récents événements, allait pouvoir prendre un nouvel élan.

— Je voulais te demander une chose, Bernard. Cette nuit-là, comment as-tu su qu'Élise allait prendre la mer ?

— Le baromètre. Et l'ordinateur. Après notre rencontre au poste, je suis rentré directement ici. J'étais tellement bouleversé que je n'ai pas osé questionner

Élise sur ce que tu m'avais révélé au sujet du réveil et de son asthme. Je lui ai seulement dit que tu voulais interroger Laurence. Élise a tout compris. Nous avons passé une soirée affreuse. Quelque chose était brisé entre nous. J'étais désemparé.

« En soirée, elle a consulté le baromètre et s'est servie de l'ordinateur. Élise ne s'intéressait au baromètre que lorsqu'elle voulait sortir en mer. J'ai fait un lien : bien qu'on soit en octobre, elle n'avait pas entrepris de vider le bateau. Plus tard, j'ai consulté l'historique du fureteur de l'ordinateur : elle avait visité des sites de météorologie pour les Îles et le Cap-Breton. J'ai compris qu'Élise voulait fuir. J'ai téléphoné à l'hôpital et j'ai demandé qu'on m'appelle à cinq heures du matin de façon à ne pas éveiller ses soupçons. Je suis descendu au voilier. Tous les espaces de rangement étaient occupés par des provisions.

« Ce soir-là, cette nuit-là, j'aurais pu lui parler. Elle n'attendait peut-être que ça. Je me suis tu. Je lui ai tendu, comme toi, un piège. »

Dans la pénombre, Samoisette, le visage dur, ravalait ses larmes. Surprenant se tourna vers son ami.

— C'est Élise qui a choisi de se taire, Bernard. Ce n'est pas toi.

Le vent siffla dans les corniches. Surprenant regretta que Marchessault ne soit pas à ses côtés. Malgré ses airs rustres, le Vieux savait trouver les mots pour consoler. Il allongea le bras et fit tinter sa bouteille contre celle de Bernard.

— Le silence, ça vaut cher, mais c'est dangereux. Viens, c'est vendredi soir, on sort en ville.

Les deux hommes vidèrent leur bière, enfilèrent leur manteau et partirent à pied, dans la neige, vers les lumières de Cap-aux-Meules.

Achevé d'imprimer
en mai deux mille neuf, sur les presses
de l'imprimerie Gauvin, Gatineau, Québec